Vanessa Haßler

Unter der Fuchtel

Manche mögen´s hart

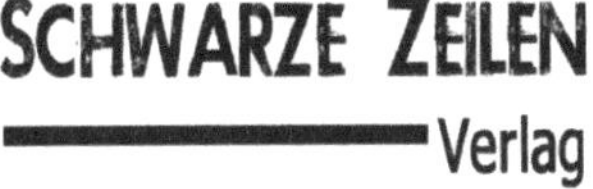

SCHWARZE ZEILEN
Verlag

Bibliografische Information der Deutschen Nationalbibliothek

Die Deutsche Nationalbibliothek verzeichnet diese Publikation in der Deutschen Nationalbibliografie; detaillierte bibliografische Daten sind im Internet über http://dnb.d-nb.de abrufbar.

ISBN 978-3-945967-63-8

1.Auflage 2019

www.schwarze-zeilen.de

© 2018 Schwarze-Zeilen Verlag

Ein Imprint des footstep-Verlag

Reichenaustr. 81c, 78467 Konstanz

Alle Rechte vorbehalten

Coverfoto: © Raisa Kanareva – stock.adobe.com

Printed in Germany

Hinweis

Ähnlichkeiten mit lebenden Personen sind nicht beabsichtigt und rein zufällig. Dieses Buch ist ein Fantasieprodukt und die Äußerungen der Erzählerin dienen dem Fortgang der Geschichten. Sie stellen keine Meinungsäußerungen des Verlages oder der Autorin dar. Im wirklichen Leben lehnen wir Gewalt in jeglichen Formen ab!

Dieses Buch ist nur für Erwachsene geeignet, bitte achten Sie darauf, dass das Buch Minderjährigen nicht zugänglich gemacht wird.

Mehr Hiebe als Essen

Es begann mit einem Anruf meiner Freundin Nicole. Wir kennen uns schon seit einigen Jahren, was uns verbindet, ist unter anderem unsere Vorliebe für BDSM-Aktivitäten in verschiedenen Spielarten. Nicole ist – wie ich und auch mein Mann Sebastian – Mitglied eines SM- Clubs namens »Deep Devotion«. In einer Gaststätte namens »Martinsklause« war eine Veranstaltung dieses Clubs geplant, eine Sklavenauktion. Nicole hatte mich angerufen, weil sie mich und Sebastian, meinen Mann, davon in Kenntnis setzen wollte.

»Hört sich interessant an«, sagte ich, »da möchte ich natürlich unbedingt dabei sein. Pass auf, Nicole, Sebastian kommt gleich nach Hause, ich werde ihn fragen, ob er mitkommen will. Um welche Zeit beginnt denn die Veranstaltung?«

»Um acht«, antwortete Nicole, »ich würde sagen, wir treffen uns eine Stunde vorher, dann haben wir noch etwas Zeit zum Plaudern.«

»Einverstanden. Ich freue mich auf einen spannenden Abend.«

***

Am Freitagabend pünktlich um sieben fanden mein Mann und ich uns im Gesellschaftsraum der Gaststätte »Martinsklause« ein, zu dem nur Mitglieder des Clubs und geladene Gäste an diesem Abend Zutritt hatten. Nicole, der Clubleiter Herr Kramer, und mehrere uniformierte ›Aufseher‹ waren bereits anwesend; von allen wurden wir herzlich begrüßt. Kurz vor acht war der geräumige Saal bereits gut gefüllt: Etwa hundert Personen hatten auf den bereitgestellten Stühlen hinter schmalen Tischen Platz genommen. Getränke konnten direkt aus dem Schankraum der Gaststätte geordert werden, sie wurden von Kellnern serviert, die Küche war geschlossen. Vor der hinteren Wand des Saales, der auch für Theateraufführungen und Kammerkonzerte geeignet ist, befand sich eine etwa meterhohe Bühne mit seitlichen Treppenaufgängen. Auf dieser gut ausgeleuchteten

Bühne stand ein ›Strafbock‹, den ja wohl jeder Flagellant kennt, außerdem eine mittelalterliche ›Streckbank‹, die nach historischem Vorbild angefertigt worden war. Neben dem Strafbock befand sich eine Art Schirmständer, darin steckten Rohrstöcke in verschiedenen Längen und Stärken.

Nachdem der Clubleiter vom Rednerpult aus um Ruhe gebeten und das Publikum begrüßt hatte, ging er zu seinem Platz hinter einem seitlich stehenden Tisch. Neben ihm saß eine gut gekleidete Frau vor einem Laptop. Sie gehörte, wie auch die Aufseher, zur Clubleitung.

Es wurden dann die Sklaven hereingeführt: Zunächst ein junger Mann, dessen Hände mit Handschellen auf dem Rücken gefesselt waren. In seinem Gesicht las ich etwas Hinterhältiges und Verschlagenes – der Bursche gefiel mir nicht. Dann kam ein äußerst attraktives, schwarzhaariges Mädchen. Sie trug einen kurzen Rock und ein knappes Top, das ihre Brüste durchschimmern ließ und über dem Bauchnabel endete; ihre nackten Füße steckten in Sandaletten. Als Sebastian sie erblickte, atmete er tief durch – es klang wie ein sehnsuchtsvoller Seufzer. Ich spürte, dass er das Mädchen auf Anhieb sehr mochte, komischerweise machte mich das nicht eifersüchtig – vielleicht deshalb, weil auch ich die junge Sklavin ausgesprochen sympathisch fand. Der Bursche war mit Jeans und Pulli bekleidet, beide Sklaven trugen Lederhalsbänder mit Eisenringen daran, zudem Lederarmbänder ebenfalls mit Metallringen – typische Symbole der Demut, die ein Sklave niemals eigenmächtig entfernen darf. Sie mussten sich auf eine rechts vor der Bühne stehende Bank setzen, hierauf ging der Clubleiter, der auch Moderator der Versteigerung war, wieder zum Pult und erklärte:

»Liebe Clubmitglieder, liebe Gäste, wir haben heute kein umfangreiches, dafür aber ein sehr interessantes Angebot. Ich beginne mit Tatjana, einem bildschönen Mädchen, neunzehn Jahre alt. Sie kommt aus Mazedonien, ist seit einem Jahr in Deutschland und leider recht trotzig und zickig. Sie muss streng erzogen und an kurzer Leine geführt werden. Tatjana ist uns schon mehrmals wegen Diebstahls gemeldet worden, sie wurde von ihrem Herrn deshalb entlassen und steht wieder zum Verkauf. Sie braucht dringend eine neue Anstellung – offiziell als Hausmädchen mit Arbeitsvertrag – inoffiziell als Sklavin mit dem von uns formulierten Vertrag. Das Mädchen hat keine Ausbildung und keinen Schulabschluss, deshalb liegt mir sehr daran, dass sie wieder in gesicherte Verhältnisse kommt, und lernt, ihre Sklavenrolle voll und ganz zu akzeptieren. Es ist ihr eigener Wunsch – Tatjana wird von niemandem zu etwas gezwungen. Was sie braucht, ist strenge Zucht, sie muss unter der Fuchtel stehen, wie es so schön heißt. Das ist, wie sie uns glaubhaft versichert hat, ihr brennender Wunsch.«

Der Leiter befahl Tatjana dann, sich auf die Bühne zu begeben. Doch sie verweigerte den Gehorsam, deshalb musste sie von zwei Aufsehern hinaufgezerrt werden.

»Tatjana, wenn du weiter Widerstand leistest, wirst du es bereuen!«, warnte der Clubchef das Mädchen.

Es stand nun als Erstes ihre Bestrafung an, die Clubleitung hatte sie wegen wiederholter Aufsässigkeit zur ›Kitzelstrafe‹ auf der Streckbank verurteilt. Auktionen mit einem Strafvollzug beginnen zu lassen, hat eine lange Tradition: Die zum Verkauf stehenden Sklaven sollten eingeschüchtert, zum Gehorsam ermahnt und vor Fluchtversuchen gewarnt werden. Tatjana wurde aufgefordert, sich auszuziehen – nach kurzem Zögern befolgte sie den Befehl, sie wollte sich wohl nicht durch weiteren Ungehorsam beim Publikum unbeliebt machen. Splitternackt musste sie sich von allen Seiten präsentieren. Ich sah, dass ihr Körper dem einer Dreizehnjährigen glich: Schmale Hüften, kleine Brüste, zu ihrem Hintern fiel mir spontan das Wort »Kinderpopo« ein. Ich konnte nicht glauben, dass Tatjana neunzehn Jahre alt sein sollte.

Ein Aufseher führte sie zur Streckbank. Sie musste sich rücklings hinlegen, ihre Hände und Füße wurden festgebunden und ihr Körper straff gespannt, jedoch so, dass ihr kein ernstlicher Schaden zugefügt wurde. Einer der Aufseher begann, die Fußsohlen der Wehrlosen beidhändig mit den Fingerspitzen zu kitzeln. Mit mechanisch skandierendem Lachen – immer wieder unterbrochen von schrillem Schreien – reagierte Tatjana auf diese gemeine Prozedur. Der andere Aufseher trat hinzu und kitzelte das Mädchen unter den Armen, an den Flanken, am Bauch, zwischen den Beinen und an den Brüsten. Das ging minutenlang so weiter, wobei die Männer diese Behandlung immer weiter intensivierten und beschleunigten.

Mein Mann besitzt ein Buch, darin wird eine Variante der Kitzelfolter beschrieben, die vor allem in den Balkanländern und im Orient beliebt ist; sie wird vorzugsweise zum Erpressen von Geständnissen angewendet, etwa bei Frauen, die des Ehebruchs beschuldigt wurden: Das nackte Weib muss sich auf dem Boden oder auf einem Podest auf den Rücken legen und die gefesselten Hände über die angezogenen Knie hinabdrücken. Hierauf wird zwischen Unterarme und Kniekehlen eine Stange geschoben, die von zwei Männern in waagerechter Position gehalten wird, die Füße werden an die Hände gebunden. Die Gesäßspalte, die rasierte Schamregion und die Fußsohlen der Sünderin werden angefeuchtet und immer wieder mit Salz eingerieben, das von Ziegen abgeleckt wird. Dies mag lustig anmuten, tatsächlich aber ist es eine furchtbare Tortur, die jedes gewünschte Geständnis hervorbringt und – über Stunden ausgedehnt – die Delinquentin in den Wahnsinn treibt. Durch das Salz und die rauen Ziegenzungen werden die empfindlichen Körperregionen immer stärker bis zur Unerträglichkeit gereizt. Damit die Ziegen nicht durch das Kreischen der Delinquentin irritiert werden, ist diese sorgfältig geknebelt. Nach einer Weile wird die Folter unterbrochen, der Knebel wird gelöst und die Beschuldigte bekommt Gelegenheit, ein Geständnis abzulegen. Tut sie das nicht, geht's weiter, die Prozedur wird fortgesetzt, bis die Gemarterte ihre ›Verfehlung‹, die sie womöglich gar nicht begangen hat, eingesteht.

Dass Kitzeln schlimmere Auswirkungen haben kann als Schläge, wird jeder bestätigen können, der es am eigenen Leibe erfahren hat. Hätte Tatjana das gewusst, wäre ihr – wenn man sie zuvor gefragt hätte – eine Tracht Prügel als Strafe für ihren Trotz sicherlich lieber gewesen. Die Kitzelfolter wurde schon bei den Hexenverhören eingesetzt und konnte, wenn das Geständnis nicht rechtzeitig erfolgte, zum Erstickungstod des Opfers führen. Die Redensart »zum Totlachen« bekommt in diesem Zusammenhang eine wahrhaft schreckliche Bedeutung.

So schlimm erging es Tatjana zwar nicht, doch das ständige Kichern und Kreischen verursachte in zunehmendem Maße Luftnot und sogar Atemaussetzer. Die Männer unterbrachen dann die Strafaktion, bis ein geräuschvolles, schrecklich klingendes Einatmen anzeigte, dass die Verkrampfung der Bauchmuskulatur und des Zwerchfells sich gelöst hatte und Tatjana wieder Luft bekam. Hierauf ging es weiter: Die Aufseher streichelten und liebkosten das Mädchen zunächst, sie zwirbelten sanft die Brustwarzen und stimulierten vor allem die Intimregion, um plötzlich erneut mit dem heftigen Kitzeln einzusetzen. Tatjana wurde auf diese Weise einem ständigen Wechsel von Erregung und Qual ausgesetzt. Zunächst leicht und sanft glitten die Finger der Männer über den nackten Körper, alsdann folgte übergangslos das gemeine Grapschen und Kneifen, das zu einer immer stärkeren Reizung der Nerven führte. Die Empfindlichkeit der Gepeinigten wurde so immer weiter gesteigert, bis schließlich eine einfache Berührung genügte, um einen unerträglichen Kitzelreiz auszulösen.

Endlich beendete der Auktionsleiter das sadistische Schauspiel mit einem energischen »Halt!«. Das war gerade zur rechten Zeit, denn ich wollte im selben Moment lautstark protestieren, ich hielt diese Form der Bestrafung für total überzogen und unangemessen. Die Aufseher ließen von der Gestraften ab, worauf das Mädchen einen langen, gellenden Schrei ausstieß – es war die Reaktion auf die unerträgliche Anspannung während der Kitzeltortur.

Das Ausgangsgebot für Tatjana stand bei 1500 Euro; das Interesse an dem Mädchen war aber sehr gering, viele befürchteten wohl, dass Tatjana ihnen früher oder später Ärger mit irgendwelchen Behörden bescheren könnte. Nur drei Interessenten beteiligten sich, darunter eine Frau mit Schirmmütze, Lederjacke und hohen Stiefeln, eine typische ›Sado-Lesbe‹. Sie war Clubmitglied und nannte sich »Lady Lydia«; sie erhielt schließlich den Zuschlag bei 2000 Euro.

Ausgerechnet die! - hätte ich fast laut gerufen. Ich konnte mir nicht vorstellen, dass eine solche Person imstande sein sollte, ein labiles und entwurzeltes Kind – so wirkte Tatjana auf mich – auf Dauer zu beherbergen und zu erziehen.

Tatjana wurde losgebunden, durfte sich anziehen und wieder auf der Bank Platz nehmen. Lady Lydia begab sich zwecks Erledigung der Formalitäten zum Tisch der Clubleitung.

»Und schon geht es weiter«, ertönte die Stimme des Moderators. »Ich möchte Ihnen nun den nächsten Sklaven vorstellen, er heißt Toby, sein bisheriger Herr nannte ihn so. Toby ist sechsundzwanzig Jahre alt, er hatte schon mehrere Herren, wurde aber wegen Vertragsbruchs immer wieder entlassen. Vertragsbruch ist noch gelinde ausgedrückt, er hat sich schon mehrmals strafbar gemacht: Diebstahl, Einbruch, Betrügereien und was sonst noch alles. Er musste immer wieder Sozialstunden ableisten und erst kürzlich wurde er zu einer Bewährungsstrafe verurteilt. Außerdem neigt er zu Gewalttätigkeiten, das mussten wir auch schon feststellen, deshalb haben wir ihm Handschellen angelegt. Handtaschenraub und Körperverletzungen – diese Delikte gehen ebenfalls auf sein Konto. Er hat seine Taten bereut und versucht, sie gutzumachen, deshalb geben wir ihm noch eine letzte Chance. Wird er noch einmal auffällig, muss er ins Gefängnis, dann ist es aus und wir können uns nicht weiter um ihn kümmern. Er braucht eine sehr feste und strenge Hand, sein letzter Herr war viel zu weich und nachgiebig mit ihm. Also, wer Interesse an ihm hat, mag ihn sich näher ansehen, das Eröffnungsgebot steht bei fünfhundert Euro. Doch zunächst wird er für sein wiederholtes Fehlverhalten bestraft, die Clubleitung hat ihn zu fünfundzwanzig Stockhieben verurteilt. Sklave Toby, begib dich aufs Podium!«

Toby wurde hinaufgeführt und bekam die Handschellen abgenommen, doch Lady Lydia, die bereits durch Handheben ihre Kaufabsicht bekundet hatte, rief laut von ihrem Platz aus: »Nein, halt, ich will mich selbst mit ihm befassen!«

»Aber bitte«, erwiderte der Clubchef.

Die Spielregeln bei der Auktion sahen vor, dass potenzielle Käufer das Recht hatten, die ›Ware‹ zu prüfen. Die Sklaven hatten entsprechende Befehle zu befolgen und konnten für Ungehorsam auch gezüchtigt werden.

Lydia kam nach vorne und stieg auf das Podium.

»Sklave Toby, komm her!«, befahl sie.

Aufreizend langsam und frech grinsend befolgte der Bursche die Aufforderung.

»Zieh dich aus!«

Aber Toby gehorchte nicht, er war es offenbar nicht gewohnt, eine Frau als Autorität anzuerkennen.

»Du Fotze hast mir gar nichts zu befehlen!«

Lydia lächelte amüsiert, die Widerspenstigkeit des jungen Sklaven schien ihr zu gefallen.

»Na warte, dir Flegel bringe ich Manieren bei«, antwortete sie leise.

Ihr Tonfall bewirkte, dass Toby nicht mehr grinste. Von den Aufsehern verlangte sie: »Zieht ihn aus und schnallt ihn auf den Bock! Er soll mich kennenlernen, jetzt wird er meine Reitpeitsche zu spüren bekommen!«

Zum Erstaunen aller zeigte Toby sich plötzlich gefügig. Er entkleidete sich vollständig, legte sich über den Bock und wurde von den Aufsehern festgeschnallt. Er hatte offenbar begriffen, dass weitere Unbotmäßigkeit ihm nichts einbringen würde.

Lydia griff unter ihre Lederjacke und holte eine schwarze, giftig aussehende Reitpeitsche hervor. Hierauf stellte sie sich in Positur und klatschte dem Burschen ein paar Mal kräftig mit der flachen Hand auf den blanken Hintern. Dann bog sie die Peitsche hin und her, holte aus und ließ sie niedersausen. Toby reagierte mit einem gellenden Schrei auf den wuchtigen Hieb. Im Sekundentakt schlug Lydia dann weiter zu. Das Pfeifen der Peitsche, das Aufklatschen der Hiebe und Tobys Gebrüll hallten schaurig durch den Saal.

Ich wusste zwar, dass Toby das freiwillig über sich ergehen ließ, dennoch staunte ich wieder einmal darüber, was masochistisch veranlagte Menschen mit sich machen lassen und aushalten können.

Erst nach etwa vierzig Hieben ließ Lydia es mit der erteilten Tracht bewenden. Sie betastete und tätschelte Tobys nun mit wulstigen Striemen überzogenen Hintern, dann sagte sie zufrieden lächelnd zu den Aufsehern: »Macht ihn los!«

Toby wurde losgeschnallt und vom Bock gezogen. Mit beiden Händen seinen Po reibend, stand der splitternackte Sklave vor seiner künftigen Herrin.

»Hände hinter den Kopf!«, kommandierte Lydia.

Der Sklave gehorchte augenblicklich.

»Und jetzt wiederhole, was du vorhin zu mir gesagt hast!«, befahl sie dann.

Doch Toby schwieg und starrte auf den Boden. Er wirkte verstört, wahrscheinlich hatte er nie zuvor – noch dazu von einer Frau – derartige Senge bezogen.

»Du willst mir wieder nicht gehorchen?«, fragte Lady Lydia fast flüsternd, was umso bedrohlicher wirkte. Aber Toby wusste, dass er den Befehl nicht befolgen durfte. Er wollte wohl nicht noch einmal auf den

Bock geschnallt werden. Er wusste, dass diese Frau ihn kaufen würde, dass es ihr Spaß machte, aufsässige Burschen zu zähmen. Sie würde ihn dressieren und immer wieder auspeitschen. Schließlich würde er jeden Widerstand aufgeben und zahm und folgsam sein.

»Du bist ein kluges Kerlchen«, sagte Lady Lydia zu Toby, als hätte sie seine Gedanken gelesen, »du wirst schnell lernen, was ich von dir erwarte. Ich werde sehr streng mit dir sein, denn das ist für dich die einzig richtige Erziehung. Und wenn du nicht spurst: Hiebe, Hiebe und noch mal Hiebe, bis du nicht mehr weißt, ob du Männchen oder Weibchen bist. Aber wenn du besonders brav warst und ich in entsprechender Stimmung bin, dann darfst du mal mit Tatjana schlafen. Ich habe ja gesehen, wie du das Mädchen angestarrt und angeschmachtet hast. Aber das musst du dir sehr hart verdienen. Und dass ich nur schwer zufriedenzustellen bin, kannst du dir vielleicht denken. Und jetzt machst du dein Maul auf, damit ich deine Zähne untersuchen kann!«

Auch diesen Befehl befolgte Toby sofort. Lydia klopfte mit dem metallenen Knauf der Reitpeitsche seine Zähne ab. »Das sieht nicht so ganz toll aus. Gleich am Montag werde ich mich um einen Zahnarzttermin für dich kümmern. Und jetzt ziehst du dich an und setzt dich wieder auf die Bank! Du hast großes Glück, dass du mein Sklave sein darfst. Doch ob das Glück dir auch weiterhin lacht, kommt auf dich an.«

Als einzige Kauflustige bekam Lydia natürlich den Zuschlag. Sie begab sich nach Erledigung der Formalitäten wieder zu ihrem Platz, Toby kleidete sich an und ging zur Bank. Als ich sah, wie behutsam er sich hinsetzte, konnte ich ein Gefühl der Schadenfreude nicht unterdrücken.

Die Veranstaltung war damit zu Ende und die Gäste verließen nach und nach den Saal. Lady Lydia führte Tatjana und Toby an Hundeleinen, die sie an den Metallringen der Halsbänder befestigt hatte, hinaus. Nachdem wir uns von der Clubleitung und von Nicole verabschiedet hatten, traten Sebastian und ich den Heimweg an.

***

Zum Begriff »freiwillig«, der mehrmals genannt wurde, möchte ich noch bemerken: Ich finde, dass er – jedenfalls was Tatjana und Toby angeht – nicht zutrifft. Nehmen wir Toby als Beispiel: Natürlich hätte er, als Lady Lydia ihn mit der Reitpeitsche vermöbelte, einfach »Stopp!« rufen können. Die Aktion wäre dann sofort abgebrochen worden. Aber in diesem Fall hätte er als ›nicht belastbar‹ und ›schwer vermittelbar‹ gegolten. Und einen neuen Herrn oder eine Herrin zu finden, war für ihn – genau wie für Tatjana – existenziell wichtig. Beide glaubten das zumindest. Toby wäre sonst über kurz oder lang auf der Straße gelandet, wieder straffällig geworden und hätte sich bald im Knast wiedergefunden. Für einen entsprechend veranlagten Menschen ist eine 24/7-Stellung (Vollzeitsklave – also an 7 Tagen rund um die Uhr, mit Unterkunft und Verpflegung) durchaus eine Existenzmöglichkeit. Letztlich aber handelt es sich dabei aber um nichts anderes als eine Form der Prostitution – mit allen damit verbundenen Risiken und Unsicherheiten.

***

Gleich am nächsten Tag rief Nicole mich wieder an: »Stell dir vor, Vanessa, ich bin jetzt Lady Lydias Zofe, in Teilzeit, viermal die Woche abends und jedes Wochenende. Ich habe sie noch gestern Abend angerufen und sie hat mich engagiert. Prima, nicht wahr?«

»Ich weiß nicht, Nicole, ich mag diese Frau nicht.«

»Aber warum denn nicht, ich finde, dass sie sehr professionell ist«, widersprach mir Nicole. »Sie ist übrigens Besitzerin und Chefin eines Bordells, dort ist sie unter anderem auch als Domina tätig.«

»Ach du Schande!«, stieß ich aus.

»Wieso?«

»Ja begreifst du denn nicht, was das bedeutet? Sie wird ihre Sklaven dort als Lustobjekte anbieten, um so den Kaufpreis wieder reinzuholen, das kannst du dir doch an fünf Fingern abzählen.«

»Glaube ich nicht«, meinte Nicole, »soviel ich weiß, sollen Tatjana und Toby ihr nur privat zur Verfügung stehen, als Leibsklavin und Laufbursche. Warten wir es doch ab, ich halte dich auf jeden Fall auf dem Laufenden.«

»Das bitte ich mir aus«, gab ich zurück. »Na ja, ein Gutes hat die Sache: Als Lydias Zofe erfährst du, wie es Tatjana weiter ergehen wird, und kannst es mir erzählen. Und auch die Clubleitung darüber informieren, die wird ohnehin ein Auge darauf haben. Es ist mir nämlich nicht egal, was aus dem Mädchen wird.«

»Und Toby?«, fragte Nicole.

»Der Typ ist absolut kriminell, der wird sich nicht ändern. Von mir aus kann Lydia ihn dumm und dämlich dreschen – ich hätte kein Mitleid mit ihm.«

»Oh je! Aber wahrscheinlich hast du recht. Auf jeden Fall – sobald ich etwas Neues weiß, rufe ich dich an.«

»Ja, mach das.«

Ich dachte noch eine Weile über das Gespräch nach. Vielleicht tat ich Lydia ja unrecht. Wenn ich jemanden nicht mag, kann ich sehr ungerecht sein. Was Nicole betrifft: Sie gehört zu den Menschen, die streng geführt, kontrolliert und auch bestraft werden müssen. Sie braucht Schläge, sie verkraftet härteste Züchtigungen. Sicher bekommt sie jetzt von Lydia regelmäßig das Fell gegerbt und fühlt sich danach »wie neu geboren« – so hat sie es schon einige Male ausgedrückt.

***

Der Sklave Toby begriff sehr schnell, dass er unter seiner neuen Herrin nichts zu lachen haben würde. In der ›Folterkammer‹, die sie im Keller ihres Hauses eingerichtet hatte, erteilte sie ihm – assistiert von Nicole – die ersten Lektionen.

»Ausziehen, alles, Tempo, und dann auf den Bauch legen!«, kommandierte sie mit ihrer durchdringenden Stimme. Toby gehorchte, er musste die Hände auf dem Rücken verschränken, wo er sie mit Handschellen gefesselt bekam. Dann wurde eine Kette an seinen Füßen befestigt, die über eine Walze an der Decke lief und mit einer Kurbel bewegt werden konnte. Lydia zog den Sklaven hoch, bis er mit dem Kopf nach unten in der Luft baumelte. Hierauf spannte sie eine Drahtschlinge stramm um seine Hoden und eine weitere um den Penis. Die Schlingen waren über isolierte Kabel mit einem Transformator verbunden. Das sadistische Weib verpasste ihm dann Stromstöße,sodass sein Körper sich jedes Mal zusammenkrümmte wie ein Klappmesser. Sein Schmerzgebrüll kommentierte sie mit zynischem Lachen und sarkastischen Bemerkungen: »Das macht Spaß, nicht wahr? Ja, das bringt dich in Stimmung! Das werde ich jeden Tag so mit dir machen!«

Immer wieder – unterbrochen von kurzen Pausen – jagte sie ihm mehrere Sekunden lang Strom durch den Unterleib. Erst, als Toby kurz davor war, das Bewusstsein zu verlieren, beendete Lydia die grausame Prozedur. Sie ließ ihn herunter und kettete seine Füße los, die Hände blieben aber auf dem Rücken gefesselt. Nachdem er sich kurz erholen durfte, musste er sich über einen Strafbock legen, der natürlich im Folterkeller nicht fehlen durfte. Toby wurde mit Schnallen fixiert und war nun in der verhassten Demutsstellung erneut der Willkür seiner Herrin völlig ausgeliefert. Sie klatschte ihm eine gute Minute lang kräftig mit der flachen Hand auf den Hintern. Dann befahl sie Nicole, ihm mit einer großen Klistierspritze mehrere Einläufe zu verabreichen, die er jedes Mal ein paar Minuten einbehalten und dann in einen Eimer entleeren musste.

Nachdem er als Nächstes den Analbereich gründlich eingefettet bekommen hatte, rammte ihm Lydia einen mittelgroßen Dildo tief ins Rektum und zog ihn wieder heraus. Das wiederholte sie mit zunehmender Geschwindigkeit. Für Toby, der so etwas nicht gewohnt war, bedeutete das eine böse Schikane – mehr noch: Es war reine Folter.

Dabei wurde er wieder verspottet: »Jaaaaa, das tut richtig gut! Diese Übung werden wir ebenfalls jeden Tag machen, jedes Mal mit einem größeren Dildo. Alles im Leben will nämlich gelernt sein. Schließlich

16

habe ich nicht umsonst Geld für dich bezahlt.« Während sie ihn unermüdlich weiter mit dem Dildo malträtierte, fuhr sie fort: »Du bildest dir doch wohl nicht ein, dass du hier den ganzen Tag faulenzen kannst und auch noch durchgefüttert wirst. Du wirst in meinem noblen Club den aktiven Gästen zur Verfügung stehen. Die wollen nämlich, wenn sie deinen Hintern tüchtig durchgestriemt haben, noch schön einen wegstecken. Und dreimal darfst du raten, wohin sie ihn stecken wollen. Aber ich bin sicher, dass du das genießen wirst – du musst nicht mal schwul dafür sein. Für einen Sklaven ist es doch das Größte, von einem strengen Meister durchgepeitscht und dann in den Arsch gefickt zu werden.«

Nachdem sie mit der Dildoquälerei endlich aufgehört hatte, verkündete sie: »Und damit du noch besser begreifst, was auf Ungehorsam folgt, werde ich jetzt deiner Auffassungsgabe noch einmal nachhelfen.« Sie ergriff eine Dressurpeitsche und ließ sie mehrmals durch die Luft sausen. Wie eine Furie schlug sie damit in dichter Folge auf Tobys Hintern, auf dem die Reitgertenstriemen noch gut sichtbar waren. Als sie die ›Nachhilfe‹ nach gut fünf Minuten beendete, blickte sie zufrieden lächelnd auf ihr Werk: Tobys Kehrseite und auch die Oberschenkel bis hinunter zu den Kniekehlen war nun unförmig verquollen und nahezu lückenlos mit schlimmen Striemen überzogen.

Endlich wurde Toby losgebunden, bekam die Handschellen abgenommen und durfte vom Bock. Weil er sich kaum bewegen konnte, half Nicole ihm beim Anziehen. Währenddessen belehrte ihn Lydia: »Ich hoffe, du hast kapiert, dass alles zu deinem Besten geschieht. Dass ich viel von dir erwarte, weißt du ja bereits. Ich werde dich streng, aber gerecht erziehen. Und du wirst ein guter, gehorsamer Sklave sein und alle meine Wünsche erfüllen.«

Soweit die Geschehnisse an diesem Tag. »Streng, aber gerecht« ist eine Maxime, die ich normalerweise gut finde, aber aus Lydias Mund klang sie wie blanker Hohn.

Trotz anfänglich guter Vorsätze war Toby nicht imstande, Lydias Sadismus auf Dauer zu ertragen. Er benutzte einen Zahnarztbesuch, zu dem Nicole ihn begleiten musste, als Gelegenheit zur Flucht und verschwand spurlos.

Als Lydia das erfuhr, tobte und kreischte sie vor Wut; sie gab Nicole die Schuld an Tobys Verschwinden. Zur Strafe bekam sie fünfzig mit der Reitpeitsche übergezogen. Tatjana musste dabei zusehen.

Schon am nächsten Tag konnte Nicole aus einem Nebenraum durch einen Türspalt ein Gespräch zwischen Lydia und Tatjana belauschen:

»Komm einmal her, meine Süße!«, befahl ihr die despotische Frau in einem Tonfall, der freundlich klingen sollte. »Wir werden uns bestimmt sehr gut verstehen. Vor allem, wenn du lieb zu meinen Gästen bist und dich geschickt dabei anstellst, du verstehst sicher, was ich meine.«

»Ja, ich verstehe. Aber wenn ich das nicht will, werden Sie mich dann auch so verdreschen, wie Sie es gestern mit Nicole gemacht haben?«

»Allerdings, das werde ich. Da kenne ich kein Pardon. Dann setzt es Hieb auf Hieb auf den nackten Arsch! Du hast es ja gesehen. Oder ich werde dich durchkitzeln, eine ganze Stunde lang.«

»Nein, nur das nicht! Ich bin derartige Strafen nicht gewohnt, Lady Lydia. Das stehe ich nicht durch!«

»Dann sorge dafür, dass es nicht dazu kommen muss! Sollte sich herausstellen, dass du gar nichts taugst, verkaufe ich dich an einen meiner Freunde, der bringt dich dann in einen schäbigen Puff irgendwo im Orient, wahrscheinlich in Ägypten. Deine Kunden werden dort vorwiegend weißbärtige Greise sein, vor denen musst du nackt tanzen und deine Arschbacken erzittern lassen wie die Brasilianerinnen beim Karneval. Und wenn du so einen scheintoten Lustmolch mühselig in Stimmung gebracht hast, musst du seinen verschrumpelten Schwanz lutschen, bis er halbwegs steif ist. Dann musst du die Beine breitmachen, damit er sich in dich reinzwängen und ächzend und sabbernd auf dir herumhampeln kann, bis er endlich einen kümmerlichen Orgasmus zustande bringt – falls überhaupt. Und das tagein, tagaus, von morgens bis abends. Wenn die Kunden nicht mit dir zufrieden sind, melden sie dich der Puffmutter, die vermöbelt dich mit der Klopfpeitsche, und zwar so, dass du zwei Wochen nicht sitzen kannst. Und wenn du fünfundzwanzig bist, wirst du auch solchen Männern zu alt sein, die dreimal älter sind als du. Oder noch älter. Dann fliegst du aus dem Puff, landest auf der Straße und bist so viel wert wie ein Stück Dreck. Möchtest du das?«

»Nein!«

»Ich habe auch einen Namen.«

»Nein, Lady Lydia!«

»Vielleicht, wenn du Glück hast, gefällst du einem Freier, vielleicht einem Europäer, der dich freikauft und dann mit nach Hause nimmt und heiratet. Aber das ist höchst unwahrscheinlich. Wer möchte schon eine Nutte heiraten, die tausende Male im Puff durchgevögelt worden ist und deren Hintern von unzähligen Peitschenhieben vernarbt und verschrundet ist! So, nun weißt du Bescheid, ich glaube, ich war deutlich genug!«

»Woher wissen Sie das eigentlich alles?«

»Von meinen Freunden und Mitarbeitern. Das sind Händler und Agenten.«

»Mädchenhändler doch wohl, nicht wahr? Stimmt das nicht?«

»Kann schon sein.«

»Und mit denen machen Sie Geschäfte? Dazu sind Sie fähig?«

»Ja warum denn nicht, Kindchen, das sind sehr einträgliche Geschäfte! Außerdem geht dich das einen feuchten Schmutz an, zu was ich fähig bin und zu was nicht! Du hältst gefälligst deine vorlaute Klappe und redest nur, wenn du gefragt wirst! Und jetzt gehst du an deine

Arbeit. Du wirst alle Fenster des Hauses putzen. Wenn ich nachher auch nur das kleinste Fleckchen oder einen einzigen Fingerabdruck finde, weißt du, was dir blüht. Na los, mal ein bisschen fix jetzt! Du bist hier nicht im Ferienaufenthalt!«

»Ja, Lady Lydia.«

***

Nachdem ich das alles von Nicole erfahren hatte, sprach ich noch am selben Tag mit meinem Mann. Sebastian war über alle Maßen entrüstet. Bereits am nächsten Tag informierte er den Chef des Clubs »Deep Devotion« über das Vorgefallene. Der machte umgehend von seinem Interventionsrecht Gebrauch: Er erklärte den Vertrag zwischen Lydia und Tatjana mit sofortiger Wirkung für ungültig und erstattete Lydia den vollen Kaufpreis.

Sebastian wandte sich dann an eine kirchliche Einrichtung, und Tatjana bekam zunächst einen Platz in einem Wohnheim zugewiesen, wo sie von einer Sozialarbeiterin beaufsichtigt und betreut wurde.

Am Abend saßen mein Mann und ich bei einem Glas Wein zusammen und überlegten, wie es mit Tatjana weitergehen sollte. »Gut, dass du die Clubleitung informiert hast und dass die Situation so schnell geklärt werden konnte«, erwiderte ich.

»Ich bin heilfroh, dass das Mädchen von Lydia weg ist. Dieses Weib ist ja eine Bestie!«

»Das ist sie allerdings«, antwortete ich. »Ich erfuhr gestern von Nicole, dass Toby reumütig zu Lydia zurückgekehrt ist. Natürlich hat sie ihn bestraft, ganz furchtbar, zwei Stunden lang hat sie ihn mit Elektroschocks malträtiert. Er wusste, dass ihm Derartiges bevorstand, er hatte Lydias Methoden ja bereits kennengelernt, dennoch hat er sich ihr wieder unterworfen. Daran sieht man, dass er eine Sklavennatur durch und durch ist. Lydia hat ihn bereits total kirre gemacht. Ein solcher Bursche ist wie ein geprügelter Hund, der seiner bösen Herrin die Hand leckt.«

»Da hast du sicher recht«, meinte Sebastian, dann setzte er hinzu: »Jedenfalls dürfen wir Tatjana jetzt auf keinen Fall im Stich lassen, wir müssen uns weiter um sie kümmern. Warum beschäftigen wir sie nicht bei uns als Haushaltshilfe? Die könnten wir doch gut brauchen. Jeden Tag jammern wir über die viele Arbeit, die wir haben, und dass der Haushalt zu kurz kommt!«

»Das ist eine ausgezeichnete Idee!«, erwiderte ich.

Schon am nächsten Tag rief ich im Wohnheim an und ließ Tatjana ans Telefon rufen. »Hallo Tatjana!«, begrüßte ich sie. »Mein Name ist Vanessa Haßler, mein Mann und ich haben dich bei der Sklavenauktion in der Martinsklause kennengelernt. Darf ich ‚du' sagen?«

»Ja klar.«

»Wir möchten dir eine Stellung als Hausmädchen bei uns anbieten, täglich zwei Stunden von fünf bis sieben. Du bekommst zehn Euro die Stunde und es gibt anschließend noch ein gutes Essen. Was machst du denn so den ganzen Tag?«

»Vormittags gehe ich zur Volkshochschule und bereite mich auf meinen Schulabschluss vor. Nachmittags lerne ich auch dafür.«

»Dann würde das ja gut passen. Also, was meinst du?«

»Ja, super, klar mache ich das! Und das Geld kann ich gut brauchen.«

»Sehr schön! Aber ich will dich ein bisschen besser kennenlernen. Ich möchte von dir einen schriftlichen Lebenslauf haben, alles, an das du dich erinnerst. Deine Kindheit und Jugend in Mazedonien und auch die Zeit in Deutschland, aber bitte handschriftlich und so, dass ich es lesen kann. Ich staune übrigens, wie gut du in zwei Jahren Deutsch gelernt hast. Dein Akzent verrät zwar deine slawische Herkunft, aber du sprichst ganz ausgezeichnet.«

»Vielen Dank! Sprachen liegen mir.«

»Gut. Wenn du alles aufgeschrieben hast, schickst du es uns mit der Post. Schreib auch deine Handy-Nummer mit hinein. Deine Betreue-rin kennt unsere Adresse. Wir melden uns dann wieder bei dir.«

Tatjana bedankte sich noch bevor Sie sich verabschiedete.

Eine knappe Woche später erhielt ich Tatjanas Bericht. Erneut war ich verblüfft, wie gut sie sich in einer für sie fremden Sprache ausdrücken konnte und über welch reichhaltigen Wortschatz sie bereits verfügte. Ihre ›Lebensbeichte‹ gebe ich im Folgenden wieder. Ich habe nichts Wesentliches daran geändert, lediglich Fehler korrigiert und einige etwas zu weitschweifige Passagen ein wenig gestrafft.

Von meiner frühen Kindheit weiß ich so gut wie nichts, nur, dass meine Mutter mich als Säugling vor die Tür eines Klosters gelegt hat. In diesem Kloster bekam ich meinen Namen und meine Identität, dort wurde ich erzogen und unterrichtet. Meine leiblichen Eltern habe ich nie kennengelernt. Die Nonnen waren sehr streng, wir bekamen mehr Hiebe als Essen. Der Alltag war ausgefüllt mit Unterricht, Schularbei-ten und Garten- und Küchenarbeit. Am meisten Spaß machte mir das Singen in einem Mädchenchor. Die Chorleiterin war total nett, über-haupt nicht streng, sie war auch keine Nonne, sie war nur als Gast im Kloster.

Alle Schülerinnen besaßen ein schwarzes Buch, darin wurden die Sünden eingetragen, das waren in erster Linie Verstöße gegen die Hausordnung. Am Wochenende wurde abgerechnet: Die Übeltäte-rinnen mussten sich im Speisesaal – vor den Augen der anderen Mäd-chen – mit nacktem Po über einen Schemel legen. Sich so präsentieren zu müssen, war äußerst beschämend. Die zuständige Erzieherin ver-abreichte ihrer Schülerin dann Schläge mit einer Haselgerte, die Anzahl richtete sich nach der Schwere der Schuld: Mindeststrafe ein Dutzend, Höchststrafe fünf Dutzend. Die Schläge waren aber ganz gut auszuhalten, es gab rote Striemen, die nach ein paar Tagen oder einer Woche verschwunden waren. Meistens schlugen die Nonnen erst von

22

der linken, dann von der rechten Seite. Das hinterließ ein typisches Striemenmuster auf dem Hintern – es sah aus wie ein Gitterfenster, durch das die Sonne scheint. Auch mich hat es leider immer wieder erwischt, unzählige Male musste ich über den Schemel, meistens, weil ich mir aus der Vorratskammer etwas zu essen geklaut hatte. Während dieser ganzen Jahre gab es kaum einmal ein paar Tage, an denen mein Hintern nicht kreuz und quer mit Striemen überzogen war.

Als ich dreizehn oder vierzehn Jahre alt war, spürte ich zum ersten Mal nach so einer Bestrafung ein seltsames Gefühl, ein eigenartiges Kribbeln und Vibrieren im Unterleib, es vermischte sich mit der Hitze im Po von den Schlägen und mit dem Brennen auf der Haut. Ich konnte dieses Gefühl zunächst gar nicht verstehen und zuordnen – heute weiß ich, dass ich durch die Schläge erregt wurde. Dass ich so oft gezüchtigt wurde, lag daran, dass ich ein eigenwilliges, trotziges – sogar jähzorniges Mädchen war. Aber wir elternlosen oder unehelich geborenen Mädchen galten ja im Kloster alle als ›Früchte der Sünde‹ und ›schwer erziehbar‹. Deshalb bekamen wir fast an jedem Wochenende Schläge. Stehlen und lügen haben wir auch im Kloster gelernt. Wir mussten das tun, wir sind nachts in die Vorratskammer geschlichen und haben uns die Bäuche vollgeschlagen, weil wir immer Hunger hatten. Und wir mussten fantasievolle Ausreden erfinden, um nicht bestraft zu werden. Es gab nämlich nicht nur Prügel, sondern auch Arrest und sogar Dunkelhaft im Keller, zusammen mit Ratten und riesengroßen Spinnen, das war noch viel schlimmer.

Einmal, nach einem Konzert unseres Chores in einer Kirche in Skopje, sprach mich ein netter älterer Herr an, mit dem ich mich auf Serbisch unterhalten konnte, er beherrschte die Sprache ziemlich gut. Er erzählte, er sei Deutscher und als Tourist in Mazedonien. Er meinte, ich sei ein sehr nettes Mädchen und dass wir wunderschön gesungen hätten. Ob ich nicht mit ihm nach Deutschland kommen wolle, er sei Studienrat im Ruhestand und bräuchte eine Haushälterin. Ich könne bei ihm wohnen, erklärte er mir weiter, es gäbe nicht viel zu tun in seiner Wohnung und er würde mir noch einen Job als Zimmermädchen in einem Hotel besorgen. Dann hätte ich mein eigenes Geld. Um alle Formalitäten – Visum und was sonst noch – würde er sich kümmern. Ich stimmte zu, denn nichts wünschte ich mir sehnlicher, als aus dem schrecklichen Kloster wegzukommen. Da ich inzwischen volljährig war, musste die Oberin mich gehen lassen, ihre Vormundschaft über mich war erloschen. Schon eine Woche später reiste mein glühender Verehrer mit mir nach Deutschland – ich hatte allerdings keinen Schulabschluss.

Es begann dann eigentlich eine schöne Zeit: Deutschland gefiel mir sehr gut – ich verliebte mich in dieses Land und war fasziniert von den Freiheiten, die man hier als Mädchen hat. Schnell begriff ich aber auch, dass zu viel Freiheit für mich überhaupt nicht gut ist. Der Mann, bei dem ich zunächst mein Zuhause gefunden hatte, war unheimlich lieb zu mir, er erteilte mir Deutschunterricht, das machte mir Spaß und ich lernte gut und schnell. Ich war seine hübsche und fleißige Schülerin – das gefiel ihm total. Er sagte immer wieder: »Seit du bei mir bist, fühle ich mich zwanzig Jahre jünger!« Alles lief problemlos, sowohl die Arbeit im Haus als auch der stundenweise Job im Hotel. Aber mein Gönner war viel zu gut zu mir! Ich hätte dringend eine strenge Hand gebraucht – ich hatte ja bisher nur harte Zucht und gnadenlose Strafen kennengelernt. Nie wäre ich auf den Gedanken gekommen, dass ich so etwas einmal vermissen könnte. Ich konnte meinen ›Chef‹ förmlich um den Finger wickeln. Oft habe ich gedacht: Wenn er mich doch mal übers Knie legen würde! Aber das tat er nicht. Und dann fing ich an, ihm Geld zu stehlen. Er hat es nie bemerkt, oder er wollte es nicht wahrhaben. Und weil das nie Konsequenzen hatte, beging ich irgendwann Ladendiebstähle, meistens klaute ich Kosmetikartikel oder Süßigkeiten. Natürlich wurde ich erwischt, und als dann die Polizei bei uns auftauchte, war es aus: Mein Chef wollte mich nun nicht mehr bei sich haben. Er war herzleidend, und solche Aufregungen waren höchst ungesund für ihn, das sah ich sogar ein.

Ein Bekannter von ihm – auch ein Lehrer im Ruhestand – war Mitglied des SM-Clubs »Deep Devotion«, er nannte sich dort »Mr. Moore«. Von ihm stammte die Idee, mich dort als Sklavin auf einer

Versteigerung anzubieten. Unter der Fuchtel eines Meisters sollte ich die Strenge erfahren, die bei mir vonnöten war. Ich stimmte zu, weil ich nicht wusste, was ich sonst machen sollte, und so landete ich dann bei Lady Lydia.

Soweit Tatjanas Aufzeichnungen. Für den Abend des folgenden Tages bat ich Tatjana zu einem Gespräch in unsere Wohnung. Sie erschien pünktlich, und als wir im Wohnzimmer Platz genommen hatten, sagte Sebastian zu ihr: »Danke für deinen ausführlichen Bericht. Es ist schön, dass du alles so offen und ehrlich geschildert hast.«

»Und ich danke Ihnen, dass Sie mich von Lady Lydia weggeholt haben – das war ein totaler Albtraum! Ich will da nie wieder hin!«

»Keine Sorge, Tatjana«, beruhigte Sebastian sie, »es ist höchst unwahrscheinlich, dass du dieser Frau jemals wieder begegnest. Jetzt hör mir zu, sehr aufmerksam! Meine Frau sagte dir ja bereits, dass du bei uns als Hausmädchen arbeiten kannst, zwei Stunden täglich montags bis freitags. Du bleibst zunächst im Wohnheim, später kannst du bei uns wohnen, ich werde mein Arbeitszimmer für dich räumen, es muss sowieso renoviert werden, du kannst es dir dann selber einrichten. Irgendwann wirst du hoffentlich einen Beruf und eine eigene Wohnung haben. Was im Haushalt so anfällt, weißt du ja bereits, du bekommst von Vanessa einen genauen Arbeitsplan, und einen Vertrag musst du auch unterschreiben. Weil du lernen sollst, mit Geld umzugehen, wirst du alle Ausgaben auflisten und die Belege aufbewahren. Gehorsam und Fleiß, das werden die für dich maßgeblichen Tugenden sein. Wenn du das nicht akzeptierst, sag es jetzt gleich, du findest leicht einen anderen Job.«

»Nein, ich bin einverstanden«, erwiderte Tatjana schnell, »sagen Sie mir nur, ob ich auch Schläge bekomme.«

»Manchmal ja«, antwortete Sebastian. »Dass du trotz deiner neunzehn Jahre noch erzogen werden musst, dass dir die Strenge fehlt, das weißt du ja, du hast dich ja sogar schriftlich dazu bekannt. Du bist ein intelligentes und aufgewecktes Mädchen – aber auch ein durchtriebenes Früchtchen. Ich werfe dir das gar nicht vor, so, wie du aufgewachsen bist, musstest du so werden.«

»Nun, Tatjana«, schaltete ich mich ein, »ich glaube, du weißt jetzt, worauf es ankommt und was wir von dir erwarten, nicht wahr?«

»Ja, Frau Haßler.«

Sebastian war noch nicht fertig: »Da ist noch etwas: Ich möchte, dass du wieder mit dem Singen anfängst. Hier in Hamburg gibt es einen sehr guten und bekannten Folklore-Chor, die machen Konzertreisen und Rundfunkaufnahmen. Ich kenne den Chorleiter, wenn du willst, melde ich dich dort an, die Proben sind immer am Donnerstagabend um acht.«

»Oh ja«, jauchzte Tatjana, »natürlich will ich das, ganz toll wäre das! Ich kann Ihnen gar nicht sagen, wie sehr ich das Chorsingen vermisse. Unheimlich super wäre das.«

»Na prima, mehr brauchst du gar nicht zu sagen, ich finde es auch toll, dass du da mitmachen willst. Vanessa und ich werden bei jedem Konzert dabei sein.«

Tatjana begann vor Freude zu weinen und unter Schluchzen rief sie aus: »Heute Abend bete ich zu meinem Schutzengel, ich werde ihm dafür danken, dass er mich zu Ihnen geführt hat. Und für Sie und Ihre Frau werde ich um ein langes Leben beten. Und dass Ihnen kein Unheil geschieht. Jeden Abend will ich darum beten.«

»Tu das, mein Kind!«, sagte Sebastian darauf.

***

Gut vier Wochen lang klappte alles wie am Schnürchen. Tatjana erschien stets pünktlich zum Dienst und erledigte ihre Arbeiten zügig und sehr gewissenhaft, es war tatsächlich eine deutlich spürbare Entlastung für Sebastian und mich. Nach ›Dienstschluss‹ aßen wir zu dritt zu Abend. Das Abendessen ist unsere Hauptmahlzeit, ich koche dann und es gibt etwas richtig Gutes.

Zwischen Sebastian und Tatjana kam es schnell zu einer Beziehung ganz besonderer Art, zu einem sehr herzlichen und innigen Kontakt. Es war eine Art Vater-Tochter-Verhältnis, so etwas hatte Tatjana ja nie kennengelernt. Sie spürte, wie sehr mein Mann sie mochte und sie erwiderte dieses starke Gefühl der Sympathie. Und da war noch etwas: Eine erotische Spannung, die förmlich knisterte. Sebastian ist nun einmal ein Mann, und als solcher reagierte er auf dieses blutjunge, bildhübsche Mädchen. Und Tatjana gefiel das. Ich war auch gar nicht eifersüchtig, das machte mich fast stolz, denn meine krankhafte Eifersucht ist ein großes Problem in unserer Ehe. Aber ich wusste, dass mein Mann die Situation nicht in irgendeiner Weise ausnutzen würde, und dass ein ›Ausrutscher‹ ausgeschlossen war. Und seit Tatjana bei uns war, hatte sich unser Sexualleben erfreulich belebt. Alles lief also prima, es war fast zu schön, um wahr zu sein.

Doch eines Tages erschien Tatjana mit knallroten Lippen, getuschten Wimpern, Eyeliner, Make-up und Rouge auf den Wangen zum Dienst.

»Nanu«, sagte ich, »was ist denn mit dir los? Bist du verliebt? Hast du jetzt einen Freund?«

»Leider nicht. Ich wollte das mal ausprobieren. Und ich wollte wissen, wie Sie das finden.«

»Nun ja«, antwortete ich, »weniger wäre mehr! So grellrote Lippen finde ich übertrieben. Und dass du auch ungeschminkt die Männerblicke auf dich ziehst, das weißt du doch längst.«

»Aber die Jungs in meinem Alter sind alle langweilig. Na ja, es gibt jemand, der mir gefällt.«

»Wer ist es?«

»Ein Dozent von der Volkshochschule.«

»Wie alt ist der?«

»Weiß ich nicht. Vielleicht Anfang oder Mitte dreißig. Oder vierzig. Oder noch älter, keine Ahnung.«

»Dann ist er doch viel zu alt für dich!«

»Wieso denn, finde ich überhaupt nicht!«

»Ach Tatjana, du wirst nie erwachsen! Wie auch immer, was hast du für das Make-up bezahlt?«

»Ganz wenig, nicht mal fünf Euro.«

»Wo?«

»Im Drogerie-Markt. War ein Sonderangebot.«

»Zeig mir mal den Kassenzettel!«

»Oh, ich glaube, den habe ich aus Versehen weggeworfen. Tut mir leid!«

Ich spürte, dass Tatjana nicht die Wahrheit sagte. Sie hatte es auch vermieden, mich anzusehen.

»Gut, Tatjana, dann gehen wir jetzt zum Drogerie-Markt und stellen fest, wie viel genau du bezahlt hast.«

»Nein!«

»Was heißt nein?«

Tatjana druckste herum und gestand dann: »Ich habe gar nichts bezahlt. Nur den Lippenstift, der kostet zwei neunzig. Das andere habe ich mitgenommen.«

»Also geklaut.«

»Ja.«

Klatsch – fing sie sich eine saftige Ohrfeige.

»Was fällt dir ein, mich so dreist anzulügen, du unverschämte Göre!«, fuhr ich sie wütend an. »Für wie blöd hältst du mich eigentlich?«

»Gar nicht!«, schrie sie patzig.

Ich verspürte Lust, ihr noch eine zu schallern, doch ich beherrschte mich. »Du holst sofort, was du gestohlen hast, gehst damit zum Drogerie-Markt und bezahlst, verstanden?«

»Dann bekomme ich von der Polizei eine Anzeige, ich habe in dem Laden Hausverbot. Ich habe da schon mal geklaut. Die Kassiererin war neu und kannte mich nicht.«

»Ich wiederhole mich nicht gerne, Tatjana! Du gehst hin und bezahlst! Was dann weiter wird, werden wir sehen.«

Es war ihr klar, dass sie gehorchen musste, und so machte sich seufzend auf den Weg. Nach kaum einer halben Stunde war sie zurück und gab mir den Kassenbon, der ein 53-teiliges Schmink-Set für 14 Euro auswies.

»Und«, fragte ich, »was ist mit der Anzeige?«

»Nichts. Ich habe dem Filialleiter erzählt, meine Mutter hätte einen Unfall gehabt und läge im Krankenhaus, deshalb sei ich so zerstreut gewesen, dass ich vergessen hätte zu bezahlen. Gott sei Dank war die Kassiererin nicht da, bei der hatte ich ja den Lippenstift bezahlt, es saß eine andere an der Kasse, die kannte mich auch nicht. Ich habe totales Glück gehabt! Der Filialleiter hat mir geglaubt, dass ich nicht stehlen wollte, sonst wäre ich ja nicht zurückgekommen. Er hat mich sogar noch wegen meiner Mutter beruhigt und getröstet.«

»Mein Gott, Tatjana! Diese Lügerei und Trickserei! Wann wirst du damit aufhören?«

»Sofort, Frau Haßler, ich verspreche es Ihnen! Bitte sagen Sie Ihrem Mann nichts. Und auch nicht meiner Betreuerin.«

Natürlich hatte sie Angst vor Sebastians Reaktion, sie musste ja befürchten, dass er zutiefst enttäuscht sein würde und dass das Vertrauensverhältnis dadurch zerstört werden könnte.

»Das muss ich mir noch überlegen«, sagte ich und bemühte mich dabei um einen möglichst gleichgültigen Tonfall.

»Bitte … es tut mir doch so leid! Bestrafen Sie mich, versohlen Sie mir nach Strich und Faden den Hintern, aber sagen Sie nichts Ihrem Mann, bitte, bitte, bitte, liebe Frau Haßler!«

»Kein Wort mehr! Wie du bestraft wirst, erfährst du noch. Und jetzt gehst du an deine Arbeit!«

Trotz meiner Wut auf sie tat sie mir in diesem Moment schon wieder leid. Tatjana weiß, wie sie die Menschen, deren Unwillen sie erregt hat, wieder versöhnlich stimmen kann. Ihr Augenaufschlag, der treuherzige Blick und das unschuldige Lächeln – das ist unwiderstehlich und lässt jeglichen Zorn verrauchen.

Um sieben kam Sebastian nach Hause und wie immer aßen wir gemeinsam zu Abend. Tatjana sagte währenddessen kein Wort, sie warf mir nur immer wieder beschwörende Blicke zu, die mir sagen sollten: Verraten Sie mich bitte nicht! Auch ich war recht schweigsam. Sebastian erkundigte sich nach dem Grund und ich sagte, Tatjana und ich hätten eine Meinungsverschiedenheit gehabt, was ja auch stimmte. Er fragte dann nicht weiter nach.

Als Tatjana am nächsten Tag zum Dienst erschien, fragte sie mich gleich schnippisch: »Na, haben Sie mich doch noch bei Ihrem Mann verpetzt?«

Ich hätte sie am liebsten wieder geohrfeigt, aber ich tat es nicht, ich wollte das nicht zur Gewohnheit werden lassen. »Achte mal gefälligst auf deinen Ton!«, ermahnte ich sie lediglich.

»Entschuldigung … ich bin ziemlich nervös.«

»Und wenn du nervös oder unsicher bist, überspielst du das mit Frechheit, nicht wahr?«

»Entschuldigen Sie bitte!«

»Also, ich habe dich nicht bei meinem Mann verpetzt.«

Ihr abgrundtiefer Seufzer ließ erkennen, wie erleichtert sie war. »Ich danke Ihnen«, sagte sie, »vielen, vielen Dank! Kann ich jetzt mit der Arbeit anfangen?«

»Oh nein, Fräulein! Du glaubst doch wohl nicht, dass du so mir nichts, dir nichts davonkommst! Weißt du noch, was du gestern zu mir gesagt hast? Wozu du mich aufgefordert hast?«

»Was meinen Sie?«

»Als du nicht wolltest, dass ich meinem Mann etwas sage. Als ich dich bestrafen sollte. Na, nun denk mal nach! Vielleicht fällt es dir ein.«

»Dass Sie mir den Hintern versohlen sollten.«

»Und weiter?«

»Nach Strich und Faden.«

»Wiederhole wörtlich, was du gesagt hast!«

»Versohlen Sie mir nach Strich und Faden den Hintern.«

»Ganz genau. Und das werden wir jetzt in die Tat umsetzen. Wie bist du denn damals im Kloster bestraft worden, wenn du etwas Derartiges angestellt hattest?«

»Auf Stehlen und Lügen standen fünf Dutzend Stockhiebe.«

»Und die hättest du auch jetzt verdient!«

Ich hatte tatsächlich zunächst vorgehabt, ihr eine gehörige Tracht mit dem Rohrstock zu verpassen. Doch aus eigener Erfahrung weiß ich, dass man sich mit stockverstriemtem Hintern in typischer Weise vorsichtig hinsetzt, beim Sitzen auf dem Stuhl hin und her rutscht und das Gewicht mal auf die eine und dann auf die andere Pobacke verlagert. Wenn Tatjana sich beim Abendessen so verhalten hätte, wäre es Sebastian aufgefallen, und das wollte ich ja nicht.

»Der Stock bleibt dir diesmal erspart«, erklärte ich ihr, »aber meine Handschrift wirst du kennenlernen.«

»Bitte schlagen Sie mich nicht, Frau Haßler, es tut mir doch leid, was ich gemacht habe, bitte verzeihen Sie mir.«

»Wenn du nicht sofort mit dem Gesülze aufhörst, bekommst du doch den Rohrstock zu spüren, klar?«

»Klar«, seufzte sie und schwieg dann. Sie musste sich ausziehen und stand schließlich splitternackt vor mir, die Hände hielt sie verschränkt vor ihrer Muschi.

»Dreh dich mal um!«, befahl ich ihr. Ich betrachtete sie von allen Seiten und mir fiel auf, dass sie zugenommen hatte – zu ihrem Vorteil. Als ich sie bei der Sklavenauktion zum ersten Mal nackt sah, fand ich sie sehr schlank. Jetzt, mit schön gerundeten Hüften und ausgeprägtem Po, konnte man ihren Körper durchaus als gut proportioniert bezeichnen.

Ich befahl ihr, sich über meinen Schoß zu legen und dann kassierte sie ihre Strafe: Mit kräftigem Schwung klatschte ich ihr auf die runden, festen Pobacken, die nach jedem Schlag kurz nachzitterten, sich anspannten und wieder lockerten, was durchaus reizvoll aussah. Tatjana antwortete mit einem schrillem »Autsch!« auf jeden Hieb und begann zu betteln: »Nicht weiter, nicht so fest, bitte nicht mehr.«

Doch ich machte ungerührt weiter, »nach Strich und Faden« versohlte ich der notorischen Diebin und Lügnerin den nackten Hintern. Erst nach gut fünf Minuten beendete ich die Strafaktion.

»Komm hoch«, befahl ich ihr, »das war's!«

Sie rappelte sich auf und stand – mit hochrotem Kopf beiden Händen auf dem Po – auf wackligen Beinen vor mir. Sie war den Tränen nahe, und um dagegen anzukämpfen, presste sie trotzig die Lippen aufeinander. Einer spontanen Gefühlsaufwallung folgend zog ich sie auf meinen Schoß – und erschrak, als ich ihren glutheißen Hintern auf meinen Schenkeln spürte. Ich schloss sie in meine Arme, worauf sie den Kopf an meine Schulter schmiegte. Und dann war es vorbei mit ihrer Selbstbeherrschung: Sie fing hemmungslos an zu heulen. Schluchzend und schniefend fragte sie mich: »Ist es jetzt gut? Verzeihen Sie mir? Sind Sie mir nicht mehr böse?«

Ich streichelte beruhigend ihren Rücken und sagte zu ihr: »Ich habe dir schon verziehen, ich spüre auch deine Reue. Und richtig böse kann ich dir ohnehin nicht sein, das weißt du ganz genau, du Luder. Jetzt merk dir ein für alle Mal: Wenn du dir noch ein einziges Mal ein krummes Ding leistest, dann erfährt es mein Mann! Und dann ist es mit ein bisschen Popoklatsch nicht mehr getan, dass du's nur weißt, Fräulein! Dann wirst du den Rohrstock spüren! Doch ich möchte nicht, dass es dazu kommt, verstehst du mich?«

»Ja. Ich werde mein Versprechen halten, Frau Haßler.«

»Gut, ich will es dir glauben. Wenn du zu den Mädchen gehörst, die ab und zu den Arsch voll brauchen, dann such dir einen Freund, der dich entsprechend rannimmt.«

»Erst mal finden. Ach, wie wäre das herrlich, einem Mann ganz zu gehören, ihm zu dienen, seine Sklavin zu sein, von ihm beherrscht und geliebt zu werden. Und auch bestraft zu werden – es wäre die Erfüllung für mich.«

»Du wirst diesen Mann finden. Und jetzt ziehst du dich an und gehst an deine Arbeit, Badezimmer und Treppenhaus müssen geputzt werden!«

Wir umarmten uns noch einmal, hierauf befolgte Tatjana meine Anweisung.

Ich saß noch eine Weile auf dem Sofa und dachte über das Vorgefallene nach. Ich sah nur noch wenig Grund, mir um Tatjana Sorgen zu machen. In Sebastian und mir hat sie so etwas wie Stiefeltern gefunden und die Zuwendung, die sie von uns erfährt, hilft ihr bei der Stabilisierung ihrer Persönlichkeit.

Ich will dein Sklave sein!

Vor einigen Wochen erhielt ich von meiner Freundin Nicole eine Einladung zu einem originellen Event. Sie teilte mir mit: »Es geht um meinen Ex-Freund Andreas, er möchte sich bei einer Domina als Lustsklave bewerben. Bei dieser Domina, sie heißt Sharon, arbeite ich jetzt als Teilzeit-Zofe, von meiner früheren Herrin Lydia habe ich mich getrennt. Sharon sucht einen Leib- und Lustsklaven, ich habe ihr Andreas vorgeschlagen. Würde sie ihn akzeptieren, wäre es die Erfüllung seiner wildesten Träume.«

»Was steht ihm denn als Sklave bevor?«, fragte ich.

»Er wird von Sharon einer eingehenden Prüfung unterzogen, dabei assistieren ihr zwei Zofen, eine davon bin ich. Er muss uns bedienen, sich unseren Launen unterwerfen, Gehorsamsübungen absolvieren, wir machen lustige Spielchen mit ihm. Pariert er nicht aufs Wort, setzt es Ohrfeigen, Tritte und er kriegt den Arsch voll, dass ihm das Fell raucht. Und wenn Sharon mit ihm zufrieden ist, bekommt er ein Brandzeichen, dann ist er ihr Eigentum, das wird mit Vertrag besiegelt.«

»Das hört sich sehr interessant an«, sagte ich, »aber welche Rolle soll ich dabei spielen?«

»Ich möchte, dass du die Rolle der zweiten Zofe übernimmst.«

»Nein, Nicole, das kann ich nicht!«

»Aber weshalb denn nicht?«

»Auf solche Aktivitäten würde ich mich – wenn überhaupt – nur in Gegenwart meines Mannes einlassen. «

»Dann bring Sebastian doch mit.«

»Auch damit wäre mir nicht gedient – ich bin für eine solche Rolle einfach nicht geeignet.«

»Schade, Vanessa, ich könnte es mir so toll mit dir vorstellen, aber ich respektiere natürlich deine Entscheidung.«

Nach einer Weile sagte ich: »Trotzdem würde ich Sharon gerne kennenlernen.«

»Dann komm mit deinem Mann am Freitag in ihr Studio, ihr seid herzlich eingeladen. Sharon will Andreas einer Vorprüfung unterziehen, das ist doch sicher interessant für euch. Sie wird enttäuscht sein, dass du nicht als Zofe mitmachst, ich habe ihr so begeistert von dir erzählt. Aber wir werden schon noch eine zweite Zofe auftreiben.«

»Wieso müssen es eigentlich zwei Zofen sein?«

»Der Sklave muss die weibliche Dominanz so vehement spüren, dass er in die Knie geht, im wörtlichen und übertragenen Sinn. Und diese Lektion lernt er unter drei Frauen besonders eindrucksvoll.«

»Gut, Nicole, ich spreche heute Abend noch mit meinem Mann, du kannst davon ausgehen, dass wir am Freitag kommen werden.«

»Das ist prima!«, freute sich Nicole, »ich habe übrigens inzwischen mit Sharon gesprochen, sie fand es schade, dass du am Samstag nicht mitmachst, aber sie hat schon Ersatz gefunden: Mandy, eine junge Friseuse, die zu allen Schandtaten bereit ist. Sie besucht regelmäßig Swingerclubs, nimmt an Gang-bang-Partys teil und lässt es sich von zehn oder mehr Männern hintereinander besorgen, sie ist eine gefragte Blas-Virtuosin und steht auch auf SM und flagellantische Spielchen – jedenfalls behauptet sie das.«

»Na das ist ja beruhigend«, gab ich flapsig zurück.

»Ja, allerdings. Ich gehe stark davon aus, dass Sharon sich für Andreas entscheiden wird. Es würde bedeuten, dass er auch von mir wieder einmal kräftige Dresche bezöge, so wie früher, als wir noch zusammen waren. Seit wir uns getrennt haben, giert er danach wie ein ausgehungerter Löwe nach frischem Fleisch.«

»Nun«, sagte ich, »dann hoffen wir mal, dass sich am Freitag alles nach deinen Wünschen fügt.«

»Nach Sharons Wünschen«, korrigierte mich Nicole, »sie ist der Boss. Aber ihre Zufriedenheit liegt natürlich in unser aller Interesse.«

***

Am Freitagnachmittag wurden wir von Sharon in ihrem Studio herzlich begrüßt. Nicole und Andreas und auch Mandy, die neue Zofe, waren bereits anwesend.

Die in England aufgewachsene Sharon ist eine sehr attraktive Frau mit schlanker Taille, knackigem Po und langen Beinen. Sie hat schwarze Haare und grüne Augen; ihr Blick gleicht manchmal dem einer Katze, die eine Maus gesichtet hat.

Mandy wirkte ein bisschen wie eine auf der Straße aufgelesene Streunerin: Ausgeleiertes Shirt, ausgefranste, durchlöcherte Jeans, weiß gefärbte, sehr kurze Haare, viele Tattoos und Zungen-, Lippen- und Augenbrauen-Piercings.

Wir wurden zunächst in einen Vorraum geführt, wo wir an einer Bar Platz nahmen und von Nicole Erfrischungsgetränke serviert bekamen. Hierauf zeigte Sharon uns ihr Studio, das ziemlich klein und nicht sehr üppig ausgestattet war. Es gab lediglich die wichtigsten Gerätschaften und Instrumente.

»Und nun kommen wir zu dem, wozu wir hier sind«, sagte Sharon. »Andreas, du hast den Mut gehabt, dich bei mir als Leibsklave zu bewerben, ich will sehen, ob du dazu taugst. Los, zieh dich aus, alles, und das zügig!«

Andreas entkleidete sich sofort vollständig und ich bemerkte, dass es ihn erregte, sich nackt vor uns zu präsentieren.

»Nun«, stellte Sharon fest, »gut gebaut bist du ja, sportlich und durchtrainiert, das gefällt mir. Dreh dich mal um, zeig mir deinen Arsch! Ja, der ist schön knackig, prima. So viel zu deinem Körper, aber du musst mich noch in anderer Hinsicht überzeugen. Erzähl ein bisschen von dir, sag mir, wie du dir dein Sklavendasein vorstellst. Auch Sklaven haben Träume und Wünsche – ob sie in Erfüllung gehen, ist eine andere Frage. Also – ich höre.«

Andreas erwiderte: »Schon lange träume ich von einer Meisterin, die mich sehr rigide dressiert. Ihr will ich mich total unterwerfen. Ich habe den festen Willen, ihr aufs Wort zu gehorchen, ihre Befehle zu erahnen, noch bevor sie sie ausgesprochen hat. Dabei ist mir klar, dass ich für geringstes Fehlverhalten streng bestraft werde. Von dieser Frau möchte ich beherrscht werden, von ihr lernen, ihr jede nur erdenkliche Freude bereiten.«

»Und du wünschst dir, dass ich diese Frau sein soll?«, fragte Sharon.

»Ja, Sharon, ich will dein Sklave sein.«

»Also gut, ich will es mit dir versuchen.«, entschied Sharon.

Andreas durfte sich wieder anziehen und Sharon trug ihm auf: »Morgen um Punkt zehn erscheinst du zum Dienst in meiner Privatwohnung!«

»In Ordnung, Sharon.«

Klatsch – fing er sich eine so kräftige Ohrfeige, dass sein Gesicht zur Seite flog.

»Wie hast du mir zu antworten und mich anzureden?«, fragte Sharon scharf.

Andreas blickte hilfesuchend zu Nicole, sie wollte ihm etwas zuflüstern, doch Sharon vereitelte das: »Nein Nicole, du sagst ihm nichts vor! Also – muss ich meine Frage wiederholen?«

Schweigend starrte Andreas auf seine Schuhe.

»Hast du denn bisher gar nichts gelernt?«, fragte Sharon in noch strengerem Ton.

Wieder schwieg Andreas.

»Wie lange soll ich noch auf deine Antwort warten?«

»Bitte ... ich ...«, stammelte Andreas, »ich weiß nicht, was ich sagen soll ... hilf mir bitte, Sharon.«

Klatsch – erneut eine Ohrfeige. »Da kannst du sicher sein, dass ich dir helfen werde! Das fängt ja toll mit dir an: ‚Ich weiß nicht, was ich sagen soll‘. Es heißt ‚jawohl, Herrin‘, das ist die korrekte Weise, einen Befehl zu bestätigen, so etwas gehört doch nun wirklich zum Sklaveneinmaleins. Ich werte dein Verhalten als groben Formverstoß, dafür bekommst du morgen zwanzig Peitschenhiebe. Du wirst lernen, wie mein Sklave sich zu benehmen hat! Und bilde dir nur nicht ein, dass du dich dabei masochistischen Schwelgereien hingeben kannst! Sollten dich allzu lüsterne Anwandlungen überkommen, werde ich dir mit der Peitsche beibringen, sie im Zaum zu halten, hast du mich verstanden?«

»Jawohl, Herrin!«

Sharon verabschiedete sich dann von uns und wir wünschten ihr für den morgigen Tag viel Spaß.

Sie bedankte sich und sagte zu mir: »Du bekommst einen Bericht von Nicole, wie du wahrscheinlich schon weißt.«

»Ja, Sharon«, antwortete ich, »und ich finde es ganz toll von dir, dass du das erlaubst, vielen Dank.«

»Aber gerne doch, liebe Vanessa, es ist ja auch in meinem Interesse. Also, bis bald. Nicole und Mandy, ihr seid morgen um vier bei mir, pünktlich, wenn ich bitten darf!«

»Du kannst dich auf uns verlassen, Sharon, gute Nacht«, erwiderte Nicole.

Auf der Rückfahrt sagte ich zu Sebastian: »Hoffentlich geht das gut morgen. Andreas ist zwar Sklave mit Leib und Seele, aber er ist auch sehr sensibel. Und Sharon ist ja wirklich unheimlich streng, schon für eine einzige falsche Antwort hat sie ihn derartig heftig geohrfeigt und ausgeschimpft.«

»Aber er schien ganz begeistert von ihr zu sein«, erwiderte Sebastian, »vielleicht ist sie ja die Verkörperung all dessen, was er sich erträumt. Ich finde diese Frau übrigens sehr sympathisch und vor allem ausgesprochen attraktiv.«

»Mach mich nicht eifersüchtig!«, warnte ich ihn, doch dann setzte ich schnell hinzu: »Nein, das war nicht ernst gemeint. Du darfst andere Frauen attraktiv finden, solange es dabei bleibt.«

»Das ist aber lieb von dir«, entgegnete er ironisch.

***

Als Nicole und Mandy vor der Tür zu Sharons Wohnung standen, schlug es vom nahe gelegenen Kirchturm gerade vier. Nicole schellte dreimal kurz, darauf wurde ihnen von Andreas geöffnet. Er war nackt bis auf ein Lederhalsband mit einem Eisenring daran und sein ›Sklavengeschirr‹. Sharon hatte ihm ein elastisches Riemchen in dichten Windungen um die Peniswurzel gewickelt, dann verknotet und an einem engen Gürtel befestigt. Zudem umschlang eine dünne Schnur mehrfach und kunstvoll die Hoden, sie war nach Verknüpfung mit dem Penisriemchen straff durch die Pospalte geführt und hinten am Gürtel festgezurrt worden. Dieses enge Geflecht ließ eine Erektion zwar zu, machte sie aber recht schmerzhaft.

Andreas nahm den beiden Frauen die Jacken ab und führte sie ins Wohnzimmer, wo sie von Sharon herzlich begrüßt wurden. Die Einrichtung des Raumes vermittelte gemütliche Gediegenheit, in der Essecke stand auf dem Tisch schon das Kaffeeservice bereit und ein offenes Kaminfeuer verbreitete behagliche Wärme.

Sharon trug einen kurzen Lederrock, eine ärmellose Lederweste und ihre nackten Füße steckten in hochhackigen Sandaletten. Dieses Outfit brachte ihren gut gewachsenen Körper und vor allem ihren ausgeprägten Po höchst vorteilhaft zur Geltung. Nicole, die recht korpulent ist, hatte ihre ›Zofen-Uniform‹ mitgebracht: Schwarze Pants, kurzes Top und ebenfalls Sandaletten; sie begann sogleich, sich umzukleiden.

Mandy bat darum, sich ganz ausziehen zu dürfen: »Im Club bin ich auch immer total nackt, es macht mich geil, wenn fremde Leute mich so sehen. Egal ob Männer oder Frauen, je mehr mir beim Bumsen zusehen, umso wilder werde ich.«

Sharon gab die Erlaubnis. Als Mandy ihre Jeans abgestreift hatte, setzte sie jedoch hinzu: »Den String behältst du aber an!«

»Schade, aber okay.« Mandys sehr schlanker Körper wirkte fast zerbrechlich, verglichen mit Nicoles Brüsten waren die ihren winzig, lediglich die großen Nippel-Piercings lenkten den Blick dorthin. Überdies war sie schmalhüftig, nur der kleine runde Hintern mit den seitlichen Tattoos und dem unvermeidlichen ›Arschgeweih‹ darüber wirkte ein bisschen sexy.

»Setzt euch,« sagte Sharon, indem sie aufs Ledersofa wies, »wir wollen erst einmal mit Sherry auf ein gutes Gelingen unseres Nachmittags anstoßen.«

Andreas füllte die Gläser, die Frauen prosteten sich zu, hierauf wurde der Sklave zum Kaffeekochen in die Küche geschickt.

»Wie bist du denn bisher mit ihm zufrieden?«, wollte Nicole wissen.

»Sehr«, antwortete Sharon, nachdem sie im Sessel Platz genommen hatte, »er musste heute Vormittag zunächst die Kachelfugen in meinem Badezimmer mit einer Zahnbürste schrubben - und das sehr gründlich, ich dulde nämlich nicht das kleinste Fleckchen darauf. Dann hat er meine Blusen gebügelt und meine Schuhe und Stiefel geputzt. Das hat ihn so erregt, dass ich sein edelstes Teil ein wenig in die Zucht nehmen musste, deshalb das Geschirr.«

»Es tut mir leid, dass ich mich ohne deine Erlaubnis erregt habe, Herrin«, rief Andreas aus der Küche.

Sharon setzte sich ruckartig im Sessel auf, ihr Körper straffte sich und ihr Gesicht nahm einen harten, unerbittlichen Ausdruck an. Sie ließ Andreas kommen und befahl ihm scharf: »Auf die Knie, Hände auf den Rücken!«

Er gehorchte augenblicklich.

Klatsch – Sharons Ohrfeige warf seinen Kopf wieder zur Seite, diese Handschrift kannte er ja bereits.

»Habe ich dich um deine Stellungnahme gebeten?«, herrschte sie ihn an.

»Nein, Herrin.«

Klatsch – »Hast du mir nicht mehr zu sagen?«

»Verzeih mir bitte, Herrin.«

Klatsch – »Das ist keine korrekte Antwort! Sage jetzt bloß nicht wieder ›ich weiß nicht, was ich sagen soll!‹ Dann kannst du was erleben!«

Andreas schwieg und blickte hilfesuchend zu Nicole. Er verzog schon sein Gesicht in Erwartung der nächsten Ohrfeige, doch dann sagte Sharon in ruhigerem Ton: »Für diesmal will ich Milde walten lassen. Es heißt: ›Herrin, ich bitte um gnädige Verzeihung‹. Merk dir das!«

»Jawohl, Herrin.«

»Du hast grundsätzlich zu schweigen! Du beantwortest Fragen und bestätigst Befehle, weiter nichts! Wenn du etwas sagen möchtest, darfst du mich fragen: ›Herrin, ich bitte um gnädige Erlaubnis, sprechen zu dürfen‹! Exakt in diesem Wortlaut! Und niemals darfst du einen Satz mit ›ich‹ anfangen! Geht das in deinen Kopf?«

»Jawohl, Herrin.«

»Ab in die Küche!«

Sharon lehnte sich wieder entspannt im Sessel zurück und wandte sich an Nicole: »Zu deiner Frage: Ja, ich glaube, ich habe mit Andreas einen guten Griff getan. Weil ich seinen Körper gerne anschaue, muss er in meiner Gegenwart immer nackt sein. Ich habe ihm auch bereits die wichtigsten Demutsstellungen beigebracht, die er auf mein Kommando sofort einzunehmen hat, unter anderem den ›Sklavengruß‹ und das ›Taburett‹.«

»Was ist das Taburett?«, fragte Mandy.

»Das heißt so viel wie ›Fußhocker‹. Andreas, komm her!«

Er erschien sofort und stand vor Sharon stramm.

»Ins Taburett!«, befahl sie.

Andreas legte sich vor dem Sessel auf den Bauch und Sharon setzte ihre nackten Füße auf seinen Hintern. »Das fühlt sich besonders gut an, wenn er zuvor Dresche bezogen hat«, erläuterte sie, »nichts wärmt die Sohlen besser als ein heißgeprügelter Sklavenarsch. Ihr werdet das gleich kennenlernen. Oder ich schiebe meine Füße zwischen seine Oberschenkel, die er dann zusammenpresst, das ist ebenfalls schön.«

Nachdem sie auch das vorgeführt hatte, schickte sie Andreas wieder in die Küche.

»Mein Gott, der spurt ja wie ein Dressurpferd«, staunte Mandy.

»Ja, er ist wirklich gut lenkbar «, versetzte Sharon, dann erzählte sie: »In vergangenen Zeiten mussten junge Sklaven ihren Besitzern oft als Taburett dienen, splitternackt und viele Stunden lang. Man glaubte, dass Krankheiten wie etwa Rheuma über die Fußsohlen in den Sklaven abgeleitet und in seinem gesunden Körper eliminiert wurden. Nun ja, wenn man schon einen Haussklaven hat, sollte man solche Traditionen doch aufgreifen, findet ihr nicht?«

»Absolut!«, sagte Nicole. »Schade, als ich noch mit Andreas zusammen war, ist mir so etwas nie eingefallen.«

»Du bist ja auch hier, um etwas zu lernen«, gab Sharon lachend zurück.

Inzwischen durchzog aromatischer Kaffeeduft das Zimmer.

»Kommt zu Tisch, Mädels!«, verfügte die Gastgeberin. »Jetzt lassen wir es uns bei Kaffee und Kuchen erst einmal gut gehen.«

Die Frauen nahmen am Tisch Platz, Andreas schenkte Kaffee ein und servierte Erdbeertorte mit Sahne.

»Sehr schön machst du das«, lobte ihn Sharon und verabreichte ihm ein paar wohlwollende Klatscher auf seinen blanken Hintern.

»Verdammt, ich will auch einen Haussklaven haben«, sagte Nicole, nachdem sie einen großen Tortenhappen in den Mund geschoben hatte.

»Aber Andreas gehört jetzt mir«, versetzte Sharon. »und ich dulde keine fremden Göttinnen neben mir.«

»Das weiß ich«, seufzte Nicole.

Andreas, der in strammer Haltung bereitstand, um die Frauen weiter zu bedienen, schenkte Nicole erneut Kaffee ein und reichte ihr ein weiteres Stück Torte. Während sie es verzehrte, fiel ihr Blick auf einen Holznotenständer, auf dessen Ablage sich eine Altblockflöte befand. »Ach, du spielst Flöte?«, staunte sie. »Meine Freundin Vanessa tut das auch, ihr Mann ist sogar Berufsmusiker. Ich habe mich schon oft gewundert, dass so viele SM- und Flag-Freunde musikalisch sind.«

»Das ist keineswegs ungewöhnlich«, erklärte Sharon, »einer meiner Stammkunden, ein Arzt, spielt seiner Gefährtin jeden Abend eine Ballade von Chopin auf dem Klavier vor. Und die Zuchtutensilien in meinem Studio nennt er ›Musikinstrumente‹. Na – ist das so abwegig? Es kann doch keinen Zweifel geben, dass das Pfeifen der Peitsche und Klatschen der Hiebe zu den Lieblingskonzerten jedes Flagellanten gehören. Bei mir standen Musik und Schläge schon während meiner Mädchenzeit in enger Verbindung.«

»Wieso denn das?«, fragte Mandy.

»Ich hatte eine sehr gute, aber strenge Lehrerin. Ich spiele Altblockflöte und sie gab mir Unterricht. Wenn sie der Meinung war, ich hätte nicht genug geübt, gab's was hinten drauf. Sie besaß eine wunderschöne Tenorflöte aus Pflaumenbaumholz, sie zog das Mundstück ab und versohlte mich mit dem Flötenrohr, das war bestens dazu geeignet.«

»Hast du die Schläge auf den nackten Po bekommen?«

»Nein, ich musste den Rock hochschlagen oder die Hose ausziehen, den Slip durfte ich anbehalten. Aber ich kann euch versichern, dass es kaum einen Unterschied macht, ob Schläge mit einem solchen Rohr aufs Höschen oder auf den Blanken erteilt werden. An den Striemen durfte ich mich jedes Mal noch tagelang beim Sitzen erfreuen. So bekam ich – im wahrsten Sinne – die Flötentöne beigebracht.«

»Moment mal«, warf Nicole ein, »so alt bist du doch noch gar nicht, lass das mal zwanzig Jahre her sein, damals war körperliche Züchtigung bereits verboten.«

»Völlig richtig, Nicole, aber das kümmerte meine Lehrerin einen feuchten Kehricht. Sie hat es einfach gemacht und niemand – weder Schüler noch Eltern – wagte jemals, sie deswegen zu kritisieren. Sie war eine äußerst erfolgreiche Lehrerin, trotz ihrer Strenge hat sie mir die Liebe zur Musik vermittelt, die Lektionen bei ihr haben mich nachhaltig geprägt, davon zehre ich heute noch. Noch ein Stück Torte, Nicole?«

»Nein, um Gottes willen, ich muss doch abnehmen. Aber einen Kaffee nehme ich noch.«

Andreas schenkte ein, hierauf sagte Nicole: »Weißt du, Sharon, Andreas hat auch viel für Musik übrig. Er komponiert und schreibt Verse. Weil er gestern so begeistert von dir war, hat er spät am Abend noch ein ›Sklavengebet‹ fabriziert. Er traut sich nicht, es dir zu zeigen, weil er nicht weiß, wie du darauf reagierst, deshalb hat er es mir gemailt.«

Andreas war bei Nicoles Worten knallrot geworden und Sharon fragte ihn: »Ich hoffe doch, dass du dein Gebet auswendig kannst?«

»Jawohl, Herrin.«

»Dann wirst du es jetzt aufsagen und währenddessen entbietest du den Sklavengruß, den du heute Morgen gelernt hast.«

Der ›Sklavengruß‹ ist eine typische Demuts- und Strafstellung: in die
Hocke, Hände hinter den Kopf, Knie auseinander, Ellenbogen weit
zurück, Oberkörper kerzengerade. Die Fersen sind angehoben und
das Körpergewicht ruht auf den Zehen.

Als Andreas die verlangte Position einnahm, kam für ihn verschär-
fend hinzu, dass sein Sklavengeschirr zusätzlich gestrafft wurde, was
den Zug auf Penis, Hoden und Pospalte noch mehr verstärkte. Die
erhöhte Spannung ließ die Riemen hörbar knarren. Doch Andreas
ertrug den Schmerz tapfer und begann mit guter Aussprache und
schöner Betonung zu deklamieren:

»Du bestimmst, ich folge dir,

Herrin, strenge Meisterin.

›Auf die Knie!‹, befiehlst du mir,

ich versteh den tief'ren Sinn:

Dienen unter deiner Zucht,

das ist meine ständ'ge Pflicht.

Folg ich nicht, so fährt mit Wucht

deine Hand mir ins Gesicht.

Wachs zu sein in deinen Händen

ist Gebot und höchstes Ziel.

Reizt verbot'ne Lust die Lenden,

folgt ein altbewährtes Spiel:

›Geiler Bock! Dir bring ich's bei!‹,

heißt es dann sehr streng und barsch,

und die Peitsche – eins, zwei, drei –

striemt mir durch den nackten Arsch.«

»Nun«, meinte Sharon, »das klingt ja vielversprechend, wir werden sehen, inwieweit deine blumigen Beteuerungen der Realität standhalten. Du darfst wieder aufstehen.«

Mit erleichtertem Stöhnen erhob sich Andreas und Sharon fuhr fort: »Dein Gebet zeigt mir deine Gutwilligkeit, deshalb erlasse ich dir die zwanzig Peitschenhiebe, die du dir mit deinem gestrigen Fehlverhalten verdient hast. Wir werden es zunächst nicht allzu arg mit dir treiben. Ein wenig Spaß sollst du auch haben, wobei du aber niemals vergessen darfst, dass du zu unserem und nicht zu deinem Vergnügen hier bist. Ist das klar?«

»Jawohl, Herrin.«

Andreas war über Sharons Nachsichtigkeit gar nicht richtig froh, er lechzte regelrecht danach, von Frauen gequält und gedemütigt zu werden, die Vorfreude hatte ihm immer wieder – ungeachtet des Sklavengeschirrs – heftige Erektionen beschert.

»Natürlich kommst du heute nicht ohne Schläge davon«, erklärte Sharon, als wollte sie ihn trösten, »ein neuer Sklave muss erst einmal die Peitsche spüren, damit er weiß, wem er zu gehorchen hat und was ihm bei Aufsässigkeit blüht. Er gleicht einem Hengst, der zugeritten und erzogen werden muss. Zu jeder Zeit muss er wissen, wer das Sagen hat. Jetzt räumst du erst einmal den Esstisch ab, der wird nämlich gleich noch für andere Zwecke gebraucht.«

Sie wandte sich an Mandy: »Nun zu dir: Hast du schon einmal einen Mann gezüchtigt?«

»Nein. Ich weiß auch gar nicht, ob ich das könnte. Ich hätte wahrscheinlich Hemmungen. In unseren Swingerclub kommen schon mal

Männer, die auf Popoklatsch stehen, es gibt auch ein Erziehungs-
zimmer, aber die meisten wollen nur konventionellen Verkehr. Und
auch die Frauen wollen feste durchgebumst werden, am liebsten von
zwei Männern gleichzeitig, es können auch drei sein. Manche Männer
machen es gerne von hinten und klatschen der Frau dabei auf den
Arsch. Wenn sie das mag, schlagen sie auch ein bisschen fester. Na ja,
mal den Po versohlt zu bekommen, das wäre sicher auch für mich mal
eine neue und interessante Erfahrung.«

»Das kannst du gerne haben, aber nicht heute. Ich will, dass du jetzt
den aktiven Part übernimmst und deine Hemmungen besiegst. Also,
stell dir bitte vor: Andreas hat etwas Schlimmes angestellt und du
willst ihn bestrafen. Die einzig richtige Maßnahme für unartige Jungs
ist eine tüchtige Abreibung, die wirst du ihm jetzt verpassen!«

»Aber er hat mir doch gar nichts getan!«

»Du lieber Himmel, Mandy, hast du denn gar keine Fantasie?«

»Anscheinend nicht.«

»Wer von allen, die du kennst, ist dir am wichtigsten? Wen hast du am
meisten lieb?«

»Meine beiden Ratten.«

»Und Andreas, findest du den nett?«

»Ja, total, er hat einen geilen Schwanz! Und sein Arsch gefällt mir
auch.«

»Na großartig! Dann stell dir vor, du hättest ihn im Club kennengelernt und dich mit ihm verabredet, bei dir zu Hause. Als du mal auf
der Toilette warst, hat er versucht, deine Ratten zu vergiften, weil er
Ratten hasst.«

»Oh nein!«

»Doch! Du hast ihn erwischt, als er gerade die Käfigtür öffnete und
eine Dose mit Rattengift – die hat er immer bei sich – in der Hand
hielt.«

»Ich will mir das gar nicht vorstellen!«, rief Mandy in weinerlichem Ton, sie war tatsächlich den Tränen nahe.

»Du sollst es dir aber vorstellen! Also, du hast ihn erwischt und stellst ihn vor die Wahl: Entweder, er lässt sich von dir den Hintern versohlen, oder deine Brüder schlagen ihn krankenhausreif.«

»Ich habe doch gar keine Brüder.«

»Mandy, jetzt werde ich aber gleich ...«

»Ja, ja, ist ja schon gut, ich soll es mir vorstellen.«

»Na also, endlich! Natürlich entscheidet der Bösewicht sich fürs Arschversohlen und diese Lektion erteilst du ihm jetzt. Dazu lernst du erst einmal die klassische Position für ein zünftiges Spanking: Setz dich hier auf den Stuhl, auf den vorderen Teil der Sitzfläche. Andreas, du legst dich über Mandys linken Oberschenkel, Hände auf den Boden, den Hintern nach oben. Ja, so ist's gut, ich sehe, die Stellung ist dir vertraut. Mandy, du blockierst jetzt mit dem rechten Bein Andreas' Unterschenkel, damit er nicht strampeln kann, das nennt man ›Schenkelklemme‹. Ja, genau so! Das sieht prima aus. Und jetzt leg los, mit der flachen Hand, so fest du kannst!«

Mandy schlug dann mit verbissener Härte und in rascher Folge zu; ihr verkniffener Mund und die zu Schlitzen verengten Augen verrieten, dass sie wirklich böse auf Andreas war. Die Vorstellung, dass er ihre geliebten Ratten vergiften wollte, schien sie mächtig anzufeuern und ihrer Hand den erforderlichen Schwung zu verleihen. Andreas blieb von den Schlägen nicht unbeeindruckt: Nach jedem Klatscher zog er schmerzvoll die Luft durch die Zähne.

»Wie schön das klingt«, bemerkte Sharon schwelgerisch. »Wie trefflich hört es sich doch an, wenn eine Hand auf einen nackten Hintern klatscht.«

Schon nach kaum einer Minute war Andreas' Kehrseite lückenlos rot; Mandy drosch munter weiter, erst, als ihre Hand zu schmerzen begann, legte sie eine Pause ein.

»Na, Mandy, wie gefällt dir das?«, fragte Sharon lachend.

»Super! Ich hätte nie gedacht, dass das solchen Spaß macht! Das tut richtig gut, da kann man seine Aggressionen loswerden!«

»Du bist nicht die Erste, die das entdeckt und auf den Geschmack kommt«, erwiderte Sharon.

»Und ihn hat das ganz schön aufgegeilt«, konstatierte Mandy, »fühl doch nur mal, wie steif sein Schwanz geworden ist.«

»Seine Geilheit wird ihm gleich vergehen«, sagte Sharon, »aber du hast gerade etwas Wichtiges gesagt: ›Das tut richtig gut‹. Genau das ist es! Das Geheimnis eines guten Spankings ist, dass es beiden Beteiligten guttut. Und weil es so schön war, machst du jetzt noch ein bisschen weiter.«

Sie ging in die Küche und kam mit einem Kochlöffel zurück, den sie Mandy reichte. »Damit deine Hand geschont wird, nimmst du jetzt den.«

Mandy schlug ein paarmal mit dem Kochlöffel in die Luft, um ein Gefühl dafür zu bekommen, dann knallte sie die Rührfläche auf Andreas’ gut vorgewärmte Kehrseite.

»Aaauuh!«, lautete die Antwort darauf.

»Ja, das fühlt sich schon anders an, nicht wahr?«, lachte Sharon.

»Jawohl, Herrin«, presste Andreas heraus.

»Und auch dieser Klang ist einzigartig«, bemerkte Sharon, »eine Mischung aus Klatschen und Knallen, sehr reizvoll, ah – ich liebe das so sehr! Mandy, verpass ihm noch dreißig von dieser Sorte, und Nicole, zähl du die Schläge bitte laut mit.«

Der Kochlöffel verrichtete sehr effektiv seine Arbeit und für Andreas wurde es höchst unangenehm, weil Mandy, ohne es zu merken, die Intensität der Hiebe kontinuierlich verstärkte. Andreas’ kurze und halb erstickte Aufschreie gingen mehr und mehr in ein ununterbrochenes Schmerzgestöhne über. Mandy wurde dadurch noch mehr angefeuert, sodass Sharon ihren Eifer schließlich etwas abbremsen musste.

»Dreißig«, zählte Nicole schließlich. Mandy ließ mit enttäuschter Miene den Kochlöffel sinken, sie hätte wohl am liebsten noch bis hundert weitergemacht.

Die Hiebe hatten auf Andreas' Hintern kreisrunde, purpurne Male hinterlassen. Schläge mit einem Kochlöffel sind von beeindruckender Wirkung, doch der Schmerz ist oberflächlich und die Spuren verschwinden ziemlich rasch wieder, wenn nicht allzu vehement zugeschlagen wurde.

»Das hast du gut gemacht, Mandy«, lobte Sharon, »aber jetzt gönnen wir Andreas eine Pause, er muss nämlich noch eine Menge aushalten. Bisher war es nur eine Vorübung zur Einstimmung, richtige Senge bekommt er später mit der Peitsche. Setzt euch aufs Sofa, Mädels, und du, Andreas, du kriechst unter den Couchtisch zu Nicoles Füßen – Taburett-Stellung!«

»Jawohl, Herrin.«

»Und nun, Nicole, setz deine nackten Füße auf seinen Hintern, ich will, dass du dieses Gefühl kennenlernst.«

Die Anweisungen wurden befolgt und als Nicole ihre Sohlen auf Andreas' heißen Po setzte, tat sie einen wollüstigen Seufzer: »Aaaah, das ist schön! So ein Männerkörper ist doch zu etwas nütze – seht – das sage ich, die gar nicht auf Männer steht.«

Nach einigen Minuten schweigenden Genießens wollte sie von Sharon wissen: »Warum dressierst du Andreas eigentlich nicht in deinem Studio? Dort hättest du doch viel mehr Möglichkeiten. Du könntest ihn schön aufhängen, auf die Streckbank spannen oder über den Prügelbock legen.«

Sharon nahm im Sessel Platz und antwortete: »Aber hier ist es doch viel gemütlicher! Im Studio mache ich meinen Job – hier ist es mein Vergnügen. Hier gibt es keine Spezialmöbel, und die Utensilien, die wir benutzen, gehören in jeden ordentlichen Haushalt.«

»Auch Reitgerte und Peitsche?«

»Natürlich. Ich bin sicher, dass jede Hausfrau es zu schätzen weiß, wenn sie diese Instrumente stets griffbereit hat, etwa, um den unpünktlichen Ehegatten zu bestrafen. Was wir heute hier inszenieren, entspricht einer alten Tradition: der häuslichen Züchtigung nämlich. In den vornehmen Häusern musste das Hausgesinde einmal wöchentlich zur Abstrafung antreten. Es gab Schläge, Schmerzen und Striemen – aber bestimmt auch eine Menge Spaß. Und in vielen Fällen trug es sicher auch zur Gesunderhaltung einer Ehe bei. So, jetzt haben Mandy und Andreas sich ein wenig ausgeruht, nun machen wir weiter, es gibt ein lustiges Spiel: Wir lassen Andreas eine musikalische Abreibung angedeihen – er bekommt sozusagen Popoklatsch nach Noten. Passt gut auf, wie das geht: Zu Zeiten, als das Getreide noch von Hand gedroschen wurde, schlugen jeweils zwei oder drei Männer mit ihren Dreschflegeln das Korn aus den Ähren, sie hielten sich dabei an einen bestimmten Rhythmus. Aus dieser Zeit gibt es ein Lied im Dreivierteltakt, der Text geht so:

Hö-ret die

Dresch-er, sie

dresch-en im

Takt:

Klitsch, klatsch, patsch

klitsch, klatsch, patsch,

klitsch, klatsch, patsch,

klatsch.

Ich habe das Lied – passend zum heutigen Nachmittag – in ›Spank-Menuett‹ umbenannt. Wir machen jetzt Folgendes: Ich spreche den Text und ihr schlagt im Takt auf Andreas' Hintern, zuerst auf die erste Silbe jeder Zeile, und dann, bei ›klitsch, klatsch, patsch‹ auf jede Silbe. Das Ganze wird fünfmal wiederholt, ihr schlagt jedes Mal fester, das nennt man ›crescendo‹. Kapiert?«

»Kapiert!« Auf Sharons Befehl beugte Andreas sich dann über eine Stuhllehne und begab sich in die Stellung, die Sharon ihm vorschrieb: »Hände an die Stuhlbeine, Beine breit und den Po schön raus! Ja, so ist's gut.«

Zu Nicole und Mandy sagte sie: »Seht euch diesen hübschen Hintern an, da macht das Versohlen gleich doppelt so viel Freude – stimmt's, Mädels?«

Die beiden stimmten lebhaft zu und Sharon ordnete an: »Also, stellt euch links und rechts hinter ihn und dann geht's los. Zuerst mit der Hand. Er soll auch ein bisschen was davon haben, deshalb nehme ich ihm das Geschirr ab.«

Als Andreas von den straffen Riemen befreit war, stöhnte er erleichtert auf und Sharon massierte gefühlvoll seinen Penis, der spontan und nun ungehemmt strammstand.

»Toll!«, entfuhr es Mandy.

»In der Tat«, pflichtete Sharon ihr bei, »das ist ein Sklavenschwanz, wie ihn die Herrin sich wünscht! So, konzentriert euch jetzt!«

Sie begann – zunächst langsam und mit deutlicher Betonung der Silben – den Text zu sprechen, begleitet vom Aufklatschen der Hände ihrer Zofen. Als das »Klitsch, klatsch, patsch« begann, kam noch Andreas' Lustgestöhne hinzu; sein stocksteifes Glied ließ keinen Zweifel an seiner hochgradigen Erregung aufkommen. Nach der fünften Wiederholung des Liedes erstrahlte Andreas' Hinterteil wieder in kräftigem Rot.

Sharon verfügte: »So, das war wieder zur Einstimmung, jetzt wird's etwas ernster: Andreas, du legst dich jetzt über den Esstisch, die Leistenbeuge auf die vordere Kante, Kopf auf den Tisch, Hände an die hintere Kante!«

Andreas gehorchte und Sharon fügte korrigierend hinzu: »Füße weiter auseinander, Beine gestreckt, auf die Zehen, Kreuz durchdrücken, Arsch raus, das kennst du ja schon.«

»Jawohl, Herrin.«

»Diese Stellung gibst du nicht eine Sekunde lang auf! Nicole, hol bitte meinen Teppichklopfer aus der Besenkammer, Mandy, schnapp du dir wieder den Kochlöffel, ich nehme die Gerte. Wir geben's ihm jetzt zu dritt: Ich schlage von rechts, Nicole von links und du, Mandy, hockst dich rittlings auf Andreas' Rücken, Gesicht zu seinem Po, du schlägst von dort. Ich mache den Anfang, dann geht's weiter im Uhrzeigersinn, ein Hieb auf jede Silbe. Und bei ‚Klitsch, klatsch, patsch‘ mit voller Kraft, ich will, dass er schreit, ich bestehe darauf! Fertig?«

»Alles klar!«, sagte Nicole.

Wieder begann Sharon, den Text zu sprechen; die Hiebe sausten im vorgegebenen Takt hernieder: Erst die scharf pfeifende Gerte, dann der böse fauchende Klopfer, gefolgt vom hell aufklatschenden Kochlöffel. Es war nun kein Vergnügen mehr für Andreas, er schrie nach jedem Schlag zunehmend lauter und anhaltender, sodass auch Sharon ihre Sprechlautstärke steigern musste, um noch verstanden zu werden. Endlich stoppte sie mit lautem »Halt!« den Hagel der Schläge.

»Herrlich!«, rief sie aus, ihre Augen leuchteten vor Begeisterung. »Noch mal!«, verlangte sie. »Aber jetzt soll Andreas den Text selber sprechen.«

Andreas musste gehorchen, er versuchte, so klar und deutlich wie möglich die Worte zu artikulieren, doch er konnte die Silben, die mit den scharf durchgezogenen Hieben zusammenfielen, nur herausbrüllen. Das klang so grotesk, dass die Frauen sich vor Lachen kaum auf das Spiel konzentrieren konnten. Deshalb musste – zu Andreas' Leidwesen – immer wieder von Neuem begonnen werden, bis endlich das erlösende »Halt!« ertönte.

»Oh je, oh je, oh je!«, japste Sharon, immer noch lachend. »So vorgetragen bekommt das Lied eine ganz neue Qualität.«

»Das sage ich auch!«, keuchte Nicole, sie war – genau wie Mandy – vor Lachen noch außer Atem.

»So, Mädels«, sagte Sharon, nachdem sie sich halbwegs beruhigt hatte, »nehmt wieder auf dem Sofa Platz, es gibt noch eine Portion Eiscreme und ein Kirschlikörchen dazu.«

Andreas servierte die Köstlichkeiten und musste dann wieder unter den Glastisch, damit diesmal Mandy ihre Füße auf seinen heißen Hintern setzen konnte. »Hui, da verbrennt man sich ja fast!«, entfuhr es ihr, dann wollte sie von Sharon wissen: »Sag mal, bekommt er heute noch mehr Schläge?«

»Ein Spiel machen wir noch mit ihm, das bleibt ihm nicht erspart. Ein Sklave muss ein gerütteltes Maß an Schlägen einstecken können und Andreas weiß das.«

Als die jungen Frauen Eiscreme und Likör genossen hatten, rief Sharon zur nächsten ›Runde‹ auf: »Andreas, abräumen und dann wieder über den Esstisch, gleiche Stellung wie beim Spank-Menuett!«

Nachdem er den Befehl befolgt hatte, nahm Sharon ein schwarzes Tuch aus einer Schublade und verband Andreas damit die Augen. Hierauf erklärte sie den Zofen: »Wie ihr wisst, hat jeder Mensch eine eigene, unverwechselbare Handschrift. Das gilt nicht nur fürs Schreiben, sondern auch fürs Schlagen. Andreas bekommt jetzt von jeder von uns – diesmal in unregelmäßiger Reihenfolge – vier Handklatscher verpasst, immer schön links – rechts auf die Arschbacken. Er muss die ›Handschrift‹ erkennen und wissen, wer ihn geschlagen hat. Irrt er sich, erhält er zehn Strafhiebe mit der Peitsche. Die Gesamtsumme dieser Hiebe bekommt er zum Schluss von mir verabreicht. Also Andreas, du hast es gehört. Es liegt jetzt an dir, ob du gleich noch die Peitsche spüren wirst oder ob es beim Handpopoklatsch bleibt. Hast du mich verstanden?«

»Jawohl, Herrin.«

Als erste stellte sich Nicole in Position und erteilte die vier Klatscher.

»Wer war es?«, fragte Sharon.

»Es war Nicole, Herrin.«

»Bravo!«, lobte Sharon. Später erfuhr sie von ihm, dass er Nicole am Atemgeräusch erkannt hatte, an ihrem typischen Schnaufer beim Ausholen, den er von früher gut kannte.

Als Nächste trat Sharon an, sie schlug jedoch in der Art, die sie bei Mandy gesehen hatte, sie platzierte die Klatscher vorwiegend auf den oberen Bereich der Hinterbacken und schlug mit etwas hohler Hand, was einen leicht dumpfen Klang erzeugte. Indem sie Mandys Stil geschickt nachahmte, führte sie Andreas tatsächlich aufs Glatteis, auf Sharons Frage antwortete er: »Es war Mandy, Herrin.«

Damit hatte er sich die ersten zehn Peitschenhiebe verdient.

Nun folgte Mandy, doch Sharon hatte ihr ins Ohr geflüstert, sie solle mit ganz flacher Hand und weiter unten schlagen. Wieder fiel Andreas herein und nahm an, es sei Sharon gewesen – nun blühten ihm bereits zwanzig Hiebe.

Sharon ist eine attraktive und sympathische Frau, aber natürlich ist sie auch ein Biest, eine boshafte Sadistin, ohne diesen Wesenszug könnte sie keine erfolgreiche Domina sein. Sie ist zudem von aufbrausendem Temperament: Sie wird fuchsteufelswild, wenn sie ihren Willen nicht bekommt oder ihre Befehle nicht präzise befolgt werden. Ihr entwaffnender Charme lässt dies jedoch immer wieder vergessen und macht sie zu einem ausgesprochen netten Biest.

Zurück zum Spiel: Jede der Frauen trat noch einmal an, ein weiteres Mal schaffte es Sharon, Andreas in die Irre zu führen, doch dann konnte er die ›Handschriften‹ sicher erkennen. Das Spiel wurde somit langweilig und Sharon brach es ab.

»Tja, mein Junge«, sagte sie, »nun musst du noch einmal leiden, aber ich denke, dreißig mit der Peitsche sind ein runder Abschluss für diese Übung.«

Sie nahm eine armlange Lederpeitsche aus der Kommode und sagte zu Andreas: »Die Hiebe zählst du laut mit, und zwar von dreihundert rückwärts, das wird deine Konzentration noch weiter fördern!«

Es wurde nun noch einmal richtig schlimm für Andreas: Unbarmherzig zog ihm Sharon die Peitsche mit voller Wucht wieder und wieder über den schon arg gezeichneten Hintern. Dabei erwies sich die von ihr geforderte Weise des Mitzählens als eine ihrer typischen Gemeinheiten: Er konnte die dreistelligen Zahlen nur herausschreien und trug damit erneut zur Belustigung seiner Peinigerinnen bei.

Nach zwanzig Schlägen sagte Sharon: »So, das war's, es ist vorbei. Den Rest schenke ich dir. Ein weiterer Beweis meiner Großzügigkeit.«

»Danke, Herrin«, stieß Andreas hervor.

Die schöne Despotin nahm Andreas das schwarze Tuch wieder von den Augen, zog die Peitsche langsam durch die Finger und sagte dann zu ihm: »Jetzt weißt du, was dich erwartet, wenn du nicht spurst. Doch nun kommen wir zur letzten – nein – vorletzten, aber wichtigsten Prüfung: Dass du ›Stehvermögen‹ besitzt, hast du ja schon bewiesen. Aber ich muss wissen, ob du dich beherrschen kannst. Mandy wird dich jetzt mit dem Mund verwöhnen, ich gehe davon aus, dass sie sich gut darauf versteht. Aber du darfst nicht kommen, so lange nicht, wie ich es für richtig halte. Wenn du versagst, werde ich dich mit der Peitsche durchwichsen, bis du deinen Namen nicht mehr kennst!«

»Bitte, Sharon «, flehte Mandy, »lass es mich richtig mit ihm treiben, ich habe solche Lust! Und ihr schaut schön geil dabei zu, dann werdet ihr sehen, wie ich abgehe.«

»Ich will nicht sehen, wie du abgehst«, wies Sharon sie zurecht, »ich will, dass du deine Pflichten als Zofe erfüllst! Dazu gehört, dass du meine Anweisungen befolgst!«

»Natürlich Sharon, entschuldige bitte«, seufzte Mandy resigniert.

»Du kannst dich nachher in deinem Club abreagieren«, fuhr Sharon fort, »und wenn du so scharf auf Andreas bist, kannst du dich außerhalb seiner Dienstzeit mit ihm verabreden.«

»Au ja! Dann soll er morgen zu mir nach Hause kommen. Er darf aber meinen Ratten nichts tun.«

»Das kannst du ja mit ihm selbst besprechen. Aber nicht hier und jetzt!«

Andreas musste sich dann auf dem Tisch auf den Rücken legen, die Beine anziehen und spreizen, das Becken etwas anheben und die Hände im Nacken verschränken.

»Also, Mandy«, wies Sharon die junge Friseuse an, »nun zeig mal, was du kannst. Pass aber mit deinen Lippen- und Zungen-Piercings auf, tu ihm nicht weh damit!«

»Keine Sorge, Sharon, es gibt zwei Dinge, dich ich perfekt beherrsche: Blasen und Frisieren.«

Tatsächlich erwies sich Mandy als Meisterin dieser Disziplin: Ihre ›Schwanzgeilheit‹, die Freude am strammen Penis, war unübersehbar. Gefühlvoll ließ sie ihn immer wieder tief in ihren Mund gleiten, geschickt setzte sie dabei ihre Zunge ein, zugleich zwickte und knetete sie mit beiden Händen kräftig Andreas’ malträtierte Pobacken, um sie dann wieder zärtlich zu streicheln und zu kitzeln. Mit Macht kündigte sich bald sein Höhepunkt an, doch er war fest entschlossen, Sharons Befehl zu befolgen – es kostete ihn allerdings eine ungeheure Beherrschung. Seine Gebieterin hatte ihn den ganzen Nachmittag einem

Wechselbad von Qual und Lust ausgesetzt, ihn in ständiger sexueller Erregung gehalten. Ihm nun die spontane und wollüstige Entspannung zu verbieten, während Mandy ihn raffiniert stimulierte, war eine der Teufeleien, die sich nur eine Sadistin wie Sharon ausdenken konnte. Immer wieder kam Andreas nah an den ›point of no return‹, doch dann hielt Mandy inne, damit er sich wieder kontrollieren konnte. Dabei half ihm die Angst vor Sharons Drohung. Auch Mandy wollte es ihm ersparen, die Peitsche noch einmal schmecken zu müssen.

Nach einer Ewigkeit – so kam es Andreas vor – verkündete Sharon: »So, das reicht, jetzt darfst du dich gehen lassen.«

Mandy zog noch einmal alle Register ihres Könnens und nach kurzer Zeit kam Andreas unter abgrundtiefen Lustseufzern zum Orgasmus. Sharon streichelte beruhigend seine Brust und erklärte ihm: »Ich musste dir das auferlegen, du musst wissen: Unter meinen Kundinnen sind Frauen, die wollen nach der Session einen Männerschwanz in sich spüren, keinen Dildo oder Vibrator. Es wird zu deinen Pflichten als Sklave gehören, diese Frauen zu befriedigen, dabei musst du imstande sein, deine eigene Lust zu beherrschen. Und das war eine kleine Vorübung dazu – du hast dich glänzend bewährt. Hättest du versagt, hättest du keine Peitschenhiebe mehr bekommen, ich bin zwar deine strenge Herrin und Erzieherin, aber ich bin kein gewalttätiges Monster.« Mit schelmischem Lächeln fügte sie hinzu: »Die Angst vor der Peitsche saß dir aber ganz schön in den Knochen, nicht wahr?«

»Jawohl, Herrin!«

Auf Andreas' Hintern gab es nun auch tatsächlich keinen Platz mehr für Schläge: Mannigfach waren Finger, der Kochlöffel, Gerte und Teppichklopfer farbenfroh abgemalt, vor allem die Peitschenhiebe hatten ein imposantes Striemenmuster gezeichnet. Zudem war Andreas erschöpft: Vier Stunden lang war er von den Frauen in die Mangel genommen worden. Sharon hatte das Ausmaß dessen, was er verkraften konnte, voll ausgeschöpft – den Bogen aber dabei nie überspannt. Sie hatte ihm immer wieder Auszeiten gegönnt, in denen er sich von den Torturen erholen konnte.

Nach einer erneuten Ruhepause erhob sich Sharon und nahm einen eisernen Stab mit Holzgriff vom Kaminsims – das Ding sah auf den ersten Blick wie eine Schürstange aus. Es handelte sich jedoch um eine spezielle Schmiedearbeit, die Spitze war zu einem kleinen »S« geformt. Sie schob die Stange zwischen die glimmenden Scheite im Kamin und sagte zu Andreas: »Du hast alle Prüfungen des heutigen Tages bestanden. Das freut mich und ich bin stolz auf dich! Du hast dich in jeder Beziehung als meiner würdig erwiesen. Du wirst nun ein Zeichen von mir empfangen: Du bekommst den Anfangsbuchstaben meines Vornamens ins Fleisch gebrannt. Dieses Zeichen wird das Symbol dafür sein, dass ich deine Herrin bin, dass du mit Leib und Seele mir gehörst, auch während der Zeit, die du nicht in meiner Gegenwart verbringst. Du wirst das Brandmal nicht immer sehen können, aber du wirst stets wissen, dass es da ist. Beuge dich nun über die Sessellehne, den Hintern wieder schön raus!«

Andreas gehorchte, Sharon zog das Eisen aus dem Feuer, das vordere Drittel leuchtete nun hell glühend – dann presste sie die Spitze auf den oberen Ansatz seiner rechten Pobacke. Es zischte und qualmte, der Schmerz verursachte eine reflexartige, sekundenlange Verkrampfung der Gesäßmuskulatur – Andreas knirschte mit den Zähnen – doch sonst gab er keinen Laut von sich. Erstaunt blickend nahm Mandy ihre Finger wieder aus den Ohren, die sie in Erwartung eines ohrenbetäubenden Schreis hineingesteckt hatte. Sharon säuberte die Brandwunde, die Mandy dann mit einem Eisbeutel kühlen musste. Andreas hatte den Schmerz deshalb kaum gespürt, weil er durch Sharons Lob zuvor in freudige Hochstimmung versetzt worden war. Diese Euphorie hatte ihn förmlich anästhesiert. Und wieder bekam er ein Lob von seiner Herrin, weil er die Brandmarkung so tapfer durchgestanden hatte. Er sah sich nun am Ziel seiner Träume: Was konnte es Schöneres für ihn geben, als Sharons Regiment zu unterstehen, von einer Frau beherrscht zu werden, die ihn mit sicherer Hand führte, ihn konsequent – aber doch einfühlsam nach ihren Wünschen abrichtete. Dass sie Strafen zuweilen abmilderte oder ganz aufhob, dass sie Fehlverhalten großmütig verzeihen konnte, schmälerte ihre Autorität keineswegs.

Nicoles und Mandys Aufgaben waren für diesen Tag erfüllt, Mandy kleidete sich an, Nicole zog sich um und Sharon verabschiedete beide mit den Worten: »Am Mittwochabend brauche ich euch für die Assistenz bei einer Session, seid bitte um acht da!«

»Gerne, Sharon«, entgegnete Nicole.

»Andreas bleibt noch hier, er wird mir gleich ein Bad bereiten und mich später ausgiebig massieren. Dann darf er auch nach Hause. Also bis Mittwoch, Mädels!«

»Ciao, Sharon!«, sagte Mandy. »Und vielen Dank für den schönen Nachmittag, es war ganz toll, ich habe so viel gelernt, aber ich bin jetzt so extrem geil auf Andreas, ich könnte sofort mit ihm in die Kiste steigen, ich kann es kaum noch aushalten.«

»Nun, bis morgen wirst du dich ja wohl beherrschen können«, antwortete Sharon.

»Ja«, seufzte Mandy.

»Das ist schön. Also bis Mittwoch!«

Soweit die Begebenheiten dieses Nachmittags, die ich gemäß Nicoles Notizen aufgeschrieben habe. Der Nachmittag unter dem Regiment der drei Frauen wird Andreas sicher unvergesslich bleiben.

Geliebte Sadistin

Es kann kein Zweifel daran bestehen, dass historische Berichte der Kategorie »Junge, hübsche Gouvernante und devoter Zögling« bei SM-Fans sehr beliebt sind. Ich möchte eine solche Story einmal kommentieren bzw. kritisch hinterfragen. Das will ich nicht nur als Flagellantin tun, sondern auch als erfahrene Krankenschwester – gewissermaßen aus fachlicher Sicht. Es handelt sich um die Erlebnisse des Schülers Daniel Williams unter seiner 22-jährigen Lehrerin und Gouvernante Harriet Marwood im England des 19. Jahrhunderts. Ein Freund von mir besitzt ein Faksimile von Daniels Tagebuchaufzeichnungen, er hat den Text übersetzt und mir erlaubt, ihn in eine zeitgemäße Sprache zu transponieren und zu veröffentlichen. Meine hinzugefügten Kommentare sind kursiv gesetzt. Doch nun zu Daniels Aufzeichnungen:

Nach dem unerwarteten Tod meiner Mutter, und nachdem kurze Zeit später unser Hauslehrer seine Stellung aufgegeben hatte, sah mein Vater sich gezwungen, meine Erziehung – und auch die meiner Schwester – einer Gouvernante anzuvertrauen.

Als unsere erste Gouvernante – Miss Graham – nach 4-jähriger Tätigkeit aus gesundheitlichen Gründen kündigen musste, bewarb sich die erst 22-jährige Miss Marwood um die Stelle.

An einem strahlenden Frühlingsmorgen des Jahres 1886 erschien sie in unserem Anwesen auf der Great Portland Street, um sich persönlich vorzustellen. Wir hatten uns alle in der Eingangshalle versammelt, um Miss Marwood zu begrüßen. Wir alle, das waren: meine Schwester Ellen, 18 Jahre alt, ich selbst, Daniel Williams, 16 Jahre, ferner Mr. Langton, unser Gärtner, der auch die Pferde versorgte und die Kutschen wartete. Zudem unsere verwitwete Wirtschafterin und Mamsell Mrs. Plimsoll, 45 Jahre alt, die 14-jährige Babsi, unser

Küchen- und Stubenmädchen, und natürlich mein Vater, von Beruf Kaufmann, 46 Jahre alt, der am nächsten Tag aus geschäftlichen Gründen nach Italien reisen musste und deshalb besonders froh war, dass die neue Gouvernante noch vor seinem Reiseantritt erschienen war.

Alle waren wir sofort von Miss Marwood begeistert. ›Mein Gott, was für eine schöne Frau!‹, dachte ich, als ich sie zum ersten Mal sah.

Sie hatte ein heiteres, temperamentvolles und unbeschwertes Wesen, eine glockenreine und wohlklingende Stimme, sie wirkte ungemein gesund und vital, hatte ein strahlendes Lächeln, anmutige Bewegungen und geschliffene Umgangsformen, dazu eine erotische Ausstrahlung, wie ich sie in dieser Art noch bei keiner Frau wahrgenommen hatte – kurz und gut: Ich musste mich sofort in sie verlieben! Auch mein Vater war sehr angetan von ihr, ich bemerkte, wie sein Blick wohlgefällig an ihrem Körper auf und ab glitt.

Er sagte zu ihr: »Sie können sich nicht vorstellen, wie froh ich bin, jemanden wie Sie für diese so wichtige Aufgabe gefunden zu haben, Miss Marwood. Was kann es schließlich Wertvolleres geben, als jungen Menschen eine gute Erziehung angedeihen zu lassen. Ich kenne ja schon Ihre hervorragenden Zeugnisse und weiß, dass Sie trotz Ihres zarten Alters – ich hoffe, ich darf das so sagen – schon über erstaunliche Erfahrung verfügen.«

Miss Marwood antwortete: »Ich liebe meine Arbeit, Mr. Williams, und ich bin Gouvernante mit Leib und Seele! Es wird meine vornehmste Pflicht sein, Ihre Kinder zu unterrichten und zu erziehen. Ellen ist ja schon achtzehn Jahre alt, also fast erwachsen, ich hoffe, dass ich ihr noch etwas für ihr Leben mitgeben kann.«

»Ich danke Ihnen, Madam, und ich bin sicher, dass Sie das können.«

»Vielen Dank, Sir!«, erwiderte Miss Marwood.

»Ich hoffe allerdings«, fuhr mein Vater fort, »dass Sie trotz Ihrer Jugend die erforderliche Strenge aufbringen, um Ihre Zöglinge an die Kandare zu nehmen. Sie dürfen alle Zuchtmittel anwenden, die Ihnen geeignet erscheinen, haben Sie in dieser Hinsicht bitte keinerlei Hemmungen.«

Miss Marwood lächelte seltsam und sagte in eigenartig ruhigem Tonfall: »Keine Sorge, Sir, solche Hemmungen kenne ich nicht.«

Dieses Lächeln und auch diesen Tonfall sollten wir noch fürchten lernen, beides stand in merkwürdigem Gegensatz zur sonstigen freundlichen und heiteren Art von Miss Marwood.

»Und nun kommen Sie in den Salon, Madam, und machen es sich bequem«, sagte mein Vater dann. »Sie werden erschöpft von der Reise sein. Mr. Langton, Sie kümmern sich bitte um das Gepäck von Miss Marwood, Mrs. Plimsoll, Sie bereiten einen Imbiss und Erfrischungen zu, Babsi, du deckst inzwischen den Tisch und begleitest Miss Marwood später auf ihr Zimmer!«

»Jawohl, Mr. Williams«, antwortete Babsi.

Dann erklärte mein Vater Miss Marwood: »Alles für Sie Wichtige lesen Sie bitte in Ihrem Arbeitsvertrag nach, Sie werden feststellen, dass ich, was die Festsetzung Ihres Gehaltes betrifft, nicht kleinlich gewesen bin.«

»Ich danke Ihnen dafür, Mr. Williams! Wie ich Ihnen in meinem Bewerbungsschreiben ja schon mitteilte, hängt meine Arbeitsfreude aber nicht in erster Linie von der Bezahlung ab. Dennoch möchte ich Ihnen gerne sagen, Sir, dass ich Ihre Großzügigkeit sehr wohl zu schätzen weiß. Ich fühle mich bestärkt in der Zuversicht, mit der ich meinen künftigen Pflichten entgegensehe.«

»Das freut mich außerordentlich, Madam, welch lobenswerte Einstellung! Es tut wahrhaft gut, so etwas zu hören – vorgetragen mit solchem Charme und jugendlichem Temperament.«

Miss Marwood errötete hold und erwiderte: »Herzlichen Dank, Sir, Sie machen mich ganz verlegen.«

Mein Vater sagte dann: »Ich bitte Sie, mir den unterschriebenen Vertrag noch heute auszuhändigen, eine Abschrift bleibt in Ihren Händen.«

»Ja, Mr. Williams«, antwortete Miss Marwood.

***

Der überwältigende Eindruck (im wahrsten Sinne), den Daniel von seiner neuen Gouvernante hatte, ist für mich gut nachvollziehbar. Daniel war mit seinen 16 Jahren bereits auf dem Höhepunkt seiner sexuellen Kraft und Miss Marwood war eine hübsche und schön gewachsene Frau – er musste sie heftig begehren. Dass sie nicht nur freundlich und liebenswürdig war, konnte (und wollte) er zu diesem Zeitpunkt noch nicht wahrnehmen, obwohl es einen Hinweis darauf schon gegeben hatte: Als Mr. Williams sie ermutigte, beim Gebrauch von Zuchtmitteln keine Hemmungen zu haben, hatte sie geantwortet: »Keine Sorge, Sir, solche Hemmungen kenne ich nicht!« Damit war klar, dass sie Körperstrafen befürwortete, was sich bereits kurze Zeit später bestätigen sollte.

***

Am nächsten Morgen reiste mein Vater ab und Miss Marwood verbrachte den Tag damit, sich mit allen und allem bekannt und vertraut zu machen und alle Räume des Hauses, den Garten, die Stallungen, sogar die Pferde und auch die schöne Umgebung kennenzulernen.

Am folgenden Tag begann der Unterricht, der uns großen Spaß machte. Miss Marwood – ich nenne sie ab jetzt Harriet – verstand es, uns für fast jedes Thema zu interessieren, und mehr und mehr gerieten wir in den Bann ihrer Persönlichkeit, ihrer heiteren Gelöstheit und Lebensfreude – dadurch wurden wir aber auch immer übermütiger.

Schließlich war ich es dann, der den Bogen überspannte: Eines Morgens zeichnete ich Harriet an die Tafel – mit extrem kurzem Rock, weit geöffneter Bluse und offenem Haar in aufreizender Pose auf dem Pult liegend. Unter das Meisterwerk schrieb ich mit großen Druckbuchstaben ihren Namen.

Als Harriet die Zeichnung erblickte, merkte ich gleich an ihrem Gesichtsausdruck, dass ich einen Fehler gemacht hatte. Ich bekannte mich sofort zu meiner Tat, mit kurzem Kopfnicken quittierte sie meinen Mut und meine Ehrlichkeit.

Ich versuchte, die Situation aus dem Feuer zu reißen: »Bitte entschuldigen Sie, Miss Marwood, wir waren – ich war so gut gelaunt und wir haben uns so auf Sie gefreut – bitte verzeihen Sie mir meinen Übermut!«

Harriet sah mich an und wieder hatte sie dieses gewisse Lächeln, das irgendwie nichts Gutes verhieß, als sie sagte: »Ich verzeihe dir deinen Übermut!«

Ich atmete erleichtert auf, doch dann folgte: »Was ich dir aber nicht verzeihe, mein Bürschlein, jedenfalls noch nicht, ist deine Unverschämtheit, für die ich dich bestrafen werde, auf welche Weise, das erfährst du noch. Heute Abend wirst du zunächst ein Bad nehmen, Babsi wird es dir in der Küche zubereiten und Mrs. Plimsoll wird dich dann gründlich abschrubben.«

Ich spürte, wie mir die Schamröte ins Gesicht stieg und protestierte: »Aber warum denn nur, Miss, ich kann mich doch sehr gut alleine waschen, ich bin schließlich sechzehn Jahre alt!«

Meine Schwester begann zu kichern, doch in scharfem Tonfall wies Harriet sie zurecht: »Du bist gefälligst still, Ellen!« Zu mir sagte sie: »Komm her!« Als ich vor ihr stand, verpasste sie mir eine kräftige Ohrfeige und fragte mich dann in sehr strengem Ton: »Wirst du lernen, meine Befehle ohne Kommentare und Gegenfragen zu akzeptieren? Nun? Wirst du es lernen?«

»Ja, Miss«, stieß ich aus, »bitte verzeihen Sie mir!«

Meiner Schwester war inzwischen das Kichern vergangen.

Harriet fuhr fort: »Nach dem Bad wartest du auf deinem Zimmer bis ich komme!«

Wieder sah sie mich mit diesem Lächeln an, dann sagte in einem Tonfall, der zwar ruhig und freundlich klang, aber trotzdem etwas Drohendes hatte: »Wir haben nämlich dann noch ein Tête-à-Tête.«

Ich schlug die Augen nieder und das mulmige Gefühl, das ich schon einige Male hatte, wenn sie mich so ansah, verwandelte sich zum ersten Mal in Angst.

»Ellen, weil du Daniel nicht an seiner Missetat gehindert hast, trifft dich eine Mitschuld, die jetzt sofort abgegolten wird! Du legst dich jetzt über die Schulbank, vorher schlägst du den Rock nach oben und ziehst dein Höschen herunter!«

»Oh nein, bitte nicht, Miss Marwood!«, flehte Ellen. »Bitte schlagen Sie mich nicht – nicht auf den nackten Po und nicht vor Daniel!« Harriet hatte inzwischen den Rohrstock ergriffen, der schon seit Jahren unbenutzt in der Ecke stand, denn Miss Graham, die Vorgängerin von Harriet, hatte uns so gut wie nie damit gezüchtigt.

»Ich hätte dich mit zehn Hieben davonkommen lassen, doch nun bekommst du zwanzig und wenn du es noch einmal wagst, meinem Befehl zu widersprechen, sind es bereits dreißig!«

Ellen gehorchte nun, sie schlug ihren kurzen, karierten Schulrock nach oben und zog ihr hübsches Seidenhöschen bis zu den weißen Kniestrümpfen herunter. Dann legte sie sich brav über die Bank.

»Bitte, Miss, schlagen Sie nicht zu fest«, bat sie nun, »ich bin doch so etwas nicht gewohnt.«

»So, nun bekommst du dreißig Schläge«, versetzte Harriet, »ich nehme an, das hast du so gewollt!«

Wenn meine Schwester mir auch leidtat, das Bild des übergelegten, herrlich nackten Mädchenhinterns, den ich – in dieser Weise dargeboten – noch nie zu sehen bekommen hatte, war eine reine Augenweide.

›Was für ein tolles Weib!‹, schoss es mir spontan durch den Kopf, ›und so was ist meine Schwester! Sie wird ihrem späteren Ehemann viel Freude bereiten!‹

Harriet bog den Stock einige Male prüfend hin und her und erklärte: »Das war einmal ein guter Schulrohrstock, doch er ist völlig vertrocknet, und zieht nicht richtig – zum Glück für dich, Ellen! Ich werde ihn heute noch mit Blockflötenöl einreiben, damit er wieder geschmeidig wird.«

Sie begann dann mit der Züchtigung, der Stock pfiff im Sekundentakt quer über Ellens beide Pobacken und entlockte ihr reizvolle Reaktionen in Form von »Auuh« und »Oooh«. Ob es meiner Schwester wohl in diesem Moment bewusst war, dass sie sich einer jungen Frau unterwerfen musste, die gerade mal vier Jahre älter war als sie selbst und dass sie sich von ihr – in Demutsstellung über der Schulbank – den nackten Hintern mit dem Rohrstock versohlen lassen musste? Doch Harriets Autorität ließ ihr geringes Alter vergessen und machte es unmöglich, sich ihr auf Dauer zu widersetzen.

Schließlich war die Züchtigung vollzogen und meine Schwester durfte von der Bank herunter. Hastig zog sie ihr Höschen hoch und den Rock herunter, mit hochrotem Gesicht stand sie dann beschämt und schluchzend da und rieb ihre Pobacken.

Harriet bog den spröden Stock hin und her und erklärte: »Ich erwarte von meinen Zöglingen uneingeschränkten Respekt und absoluten Gehorsam! Und nun beginnen wir mit dem Unterricht, Daniel, du säuberst sofort die Tafel!«

Ich gehorchte und beneidete meine Schwester, denn die hatte ihre Strafe bereits hinter sich – meine stand mir noch bevor und ich wusste nicht einmal, wie sie aussehen würde. Ich war völlig verunsichert: Was hieß: »Tête-à-Tête«?

***

Nun hatte Harriet bewiesen, dass sie in puncto Körperstrafen keine Hemmungen kannte: Sie verdonnerte ihre Schülerin Ellen zu dreißig Stockhieben. Ellen musste sich über die Schulbank legen, vorher ihren Rock nach oben schlagen und das Höschen runterziehen. Dass sie das in Gegenwart ihres jüngeren Bruders tun musste, empfand sie natürlich als besonders beschämend und erniedrigend. Die Züchtigung auf das nackte Gesäß war damals allerdings nichts Ungewöhnliches. Mit dieser spontanen – meiner Meinung nach unangemessen harten – Bestrafung wollte Harriet sich Respekt verschaffen, ihre Zöglinge sollten wissen ›wo der Hammer hängt‹. Ellen war nur vier Jahre jünger als Harriet; sie war ihr, was die körperliche und geistige Entwicklung anging, durchaus ebenbürtig. Deshalb war es Harriet besonders wichtig, der Schülerin eindrucksvoll zu zeigen, wer das Sagen hatte. Die Erziehungsziele in der viktorianischen Epoche lauteten: Gehorsam, Fleiß, Pünktlichkeit und Reinlichkeit, um nur einige zu nennen.

***

Am Abend ging ich in die Küche, um das befohlene Bad zu nehmen, ein Zuber mit warmem Wasser stand bereit und Mrs. Plimsoll und Babsi warteten schon mit Bürsten und Seife in den Händen. Wieder errötete ich vor Scham, ich konnte es nicht fassen, dass ich so erniedrigt werden sollte.

»Aber ich muss mich nicht ganz ausziehen und ich muss auch nicht in den Zuber steigen, nicht wahr?«, sagte ich mit gepresster Stimme und vermied es vor allem, Babsi in die Augen zu sehen.

»Ich fürchte doch«, antwortete Mrs. Plimsoll, »Miss Marwood hat es angeordnet und wenn du nicht gehorchst, muss ich es ihr melden – ich weiß nicht, ob das gut für dich wäre.«

»Ich kann nicht«, sagte ich mit einem Blick auf Babsi.

 Darauf befahl Mrs. Plimsoll: »Babsi, du gehst bitte hinaus.«

»Och, wie schade«, maulte Babsi und nachdem sie noch einen Klaps auf den Po bekommen hatte, zog sie einen Schmollmund und verließ die Küche.

Mrs. Plimsoll blickte mich erwartungsvoll an. »Nun? Wird's bald?«

Mit einem abgrundtiefen Seufzer zog ich mich bis auf die Unterhose aus.

»Weiter! Komm, Junge, es hat keinen Zweck, wenn du dich sträubst.«

Ich zog die Unterhose aus und bedeckte sofort meine Schamgegend mit den Händen.

»Na, na, na, so schlimm ist es doch nun auch nicht, meinen Mann – Gott hab ihn selig – habe ich auch immer abgeschrubbt, komm, nimm die Hände da weg und lass dich einmal ansehen.«

Ich gehorchte schließlich und Mrs. Plimsoll betrachtete mich von allen Seiten.

»Du bist ein hübscher Bursche«, meinte sie dann und verpasste mir ein paar kräftige Klatscher auf meine blanke Kehrseite. »Und du hast einen bildschönen Hintern. Und nun hinein da!«

Vor Scham halb ohnmächtig stieg ich in die Wanne und versuchte mir einzureden, dies alles sei nur ein böser Traum. Mrs. Plimsoll begann mich mit der Bürste abzuschrubben, wobei sie nicht gerade sanft mit mir umging.

»Das ist sehr gut für die Haut«, erklärte sie mir, »hinterher werde ich dich noch mit eiskaltem Wasser übergießen, das härtet dich gut ab.«

In diesem Augenblick hasste ich Miss Marwood, wie konnte sie nur zulassen, dass ich so gedemütigt wurde. Erst später verstand ich, dass Beschämung und Erniedrigung Bestandteile ihres Erziehungskonzeptes waren, sie wollte meinen männlichen Stolz brechen und mich Frauen gegenüber unterwürfig und gefügig machen.

Als Mrs. Plimsoll der Meinung war, dass ich sauber genug sei, goss sie mir einen Eimer kalten Wassers über den Körper, was mir für einige

Sekunden den Atem verschlug. Dann ließ sie mich endlich aus dem Zuber und wieder konnte sie es sich nicht verkneifen, meinem Hintern, den sie so schön fand, ein paar tüchtige Klatscher zu verabreichen. Mit einem großen Handtuch rubbelte sie mich dann trocken – dabei kam ich mir wie ein kleines Kind vor – und an Mrs. Plimsolls fröhlichem und erhitztem Gesicht sah ich, welchen Spaß ihr das ganze Baderitual machte.

Nach einer Ewigkeit – so kam es mir jedenfalls vor – durfte ich dann meinen frisch gewaschenen und gebügelten Nachtanzug anziehen.

Nun durfte auch Babsi wieder herein und als sie sah, wie verstört ich war, schickte sie sich an, mir eine Tasse Tee zuzubereiten.

»Wenn ich nur wüsste, was Miss Marwood mit mir vorhat«, dachte ich laut, »sie will nachher zu einem ›Tête-à-Tête‹ zu mir aufs Zimmer kommen, was meint sie bloß damit?«

»Das weiß der liebe Himmel«, antwortete Mrs. Plimsoll, »ich meine, das weiß nur Miss Marwood alleine. Was hast du denn eigentlich ausgefressen?«

»Ich habe sie mit kurzem Rock und offener Bluse an die Tafel gemalt, weil sie immer in ihrer Uniform herumläuft, immer mit dem engen, langen Rock und den hochgesteckten Haaren, damit sieht sie furchtbar streng aus – dabei ist sie eine so schöne Frau.«

»Du bist wohl verliebt in sie«, zischte Babsi bissig, »wahrscheinlich erscheint sie dir in deinen wilden Träumen.«

»Wirst du wohl dein vorlautes Mundwerk halten!«, wies Mrs. Plimsoll Babsi zurecht und holte zu einer Ohrfeige aus. Babsi zog den Kopf ein und hielt schützend den Arm vors Gesicht, doch dann ließ Mrs. Plimsoll die Hand wieder sinken.

Babsi ließ nicht locker: »Warum wirst du denn rot, Daniel, ich habe wohl recht mit meiner Vermutung?«

»Hast du nicht gehört, du sollst deinen Mund halten!«, antwortete ich böse.

70

Wieder schämte ich mich in Grund und Boden, mit weiblichem Instinkt hatte Babsi mich durchschaut, denn ich war ja wirklich in Harriet verliebt.

»Schluss jetzt!«, befahl Mrs. Plimsoll, »Babsi, du spülst sofort das Geschirr ab, dann leerst du den Badezuber und beseitigst die Überschwemmung hier auf dem Küchenboden, verstanden?«

»Och, wie langweilig«, quengelte Babsi, »ich möchte so gerne noch ein bisschen mit Daniel streiten.«

»Sofort kommst du her!«, sagte Mrs. Plimsoll, nun allerdings in einem Ton, der keinen Widerspruch mehr duldete. »Hände auf den Rücken!« Klatsch, klatsch, links und rechts hatte Babsi sich eine saftige Ohrfeige gefangen.

›Ha, ha‹, dachte ich bei mir, ›jetzt bist du endlich auch einmal an der Reihe mit dem Schämen.‹

Babsi rieb sich die Backen, zog dann ihren unverwechselbaren Schmollmund und machte sich an die Arbeit.

Mrs. Plimsoll sagte zu mir: »Und dann kam Miss Marwood wahrscheinlich herein und hat die wunderschöne Zeichnung gesehen, nicht wahr?«

»Genau so war es, unter mein Werk hatte ich auch noch mit großen Druckbuchstaben ihren Namen geschrieben.«

»Man darf nie die Autorität einer Lehrperson untergraben«, versetzte Mrs. Plimsoll, »ich habe so etwas als junges Mädchen auch einmal gemacht, dafür bekam ich den Rohrstock zu spüren und zu Hause gab es noch einmal Dresche: Auf meinem blanken, verstriemten Hintern hat meine Mutter eine Rute zum Strunk gehauen. Aber heutzutage sind Lehrer und Gouvernanten ja wohl nicht mehr ganz so streng. Miss Graham hat euch ja so gut wie nie gezüchtigt, bei Miss Marwood wird es sicher nicht anders sein.«

›Da irrst du dich aber gewaltig‹, antwortete ich ihr in Gedanken und dachte an die saftige Ohrfeige, die ich mir von Harriet gefangen hatte und an die Rohrstocktracht auf Ellens blanken Po. Auch fielen mir wieder Harriets Blick, ihr Lächeln und der gewisse Tonfall ein und wieder spürte ich das mulmige Gefühl.

»Nun geh aber schleunigst auf dein Zimmer!«, ermahnte Mrs. Plimsoll mich. »Wenn Miss Marwood kommt und du bist nicht da, wird das ihre Stimmung nicht heben.«

Ein neuer Schreck durchfuhr mich und ich beeilte mich, auf mein Zimmer zu kommen. Harriet war glücklicherweise noch nicht da. Ich wusste weder, wo sie war noch wann sie kommen würde – ich begriff allerdings, dass diese Unsicherheit schon Bestandteil meiner Strafe war.

Endlich hörte ich Schritte auf dem Flur, die Tür wurde geöffnet und Harriet betrat das Zimmer.

Ihr Anblick war atemberaubend: Sie trug ihr Haar offen, eine lange, schwarze Mähne umspielte ihr schönes Gesicht und verstärkte zugleich ihre jugendliche Ausstrahlung. Sie trug ein ärmelloses, ledernes Top mit Schnallenverschlüssen, das einen großzügigen Blick auf die Ansätze ihrer Brüste gestattete, dazu beige Leggins und Schnürstiefel, die bis an ihre Knie reichten. Ein breiter Gürtel mit riesiger Schnalle betonte ihre schlanke Taille, ihr kühn geschwungenes Becken und den ausgeprägten, herrlich geformten Hintern, der sich durch die hautengen Leggins aufreizend abzeichnete. Der Eindruck von Strenge und Unerbittlichkeit, den sie vermittelte, wurde durch diese Aufmachung aber keineswegs gemildert; ihre bis zu den Schultern nackten Arme verstärkten ihn noch zusätzlich und sicherten ihr außerdem volle Bewegungsfreiheit zu.

»Nun, Daniel«, sagte sie in heiterem Tonfall, »hast du dich wieder auf mich gefreut?«

Ich wusste, dass ich auf diese Frage nicht zu antworten brauchte, – ja – nicht einmal antworten durfte. Immer noch benommen von ihrer

Schönheit, starrte ich sie wortlos an, was sie mit amüsiertem Lächeln zur Kenntnis nahm. Aufgrund dieser Benommenheit bemerkte ich erst nach einer Weile, dass sie, unter den Arm geklemmt, einen Rohrstock mitgebracht hatte. Der Anblick dieses schulischen Züchtigungsinstrumentes ließ mich verzweifelt aufstöhnen und endlich fand ich meine Sprache wieder: »Miss Marwood, was haben Sie mit mir vor?«

»Mit dem Rohrstock will ich sicher keine Fliegen verscheuchen, mein Junge«, antwortete sie lächelnd. »Im Ernst, Daniel, du weißt, dass du für die Unverschämtheit, die du dir heute Morgen im Schulzimmer geleistet hast, bestraft werden musst, und zwar wesentlich strenger als deine Schwester! Du bekommst fünfzig Hiebe auf den nackten Hintern. Den Rohrstock habe ich heute Nachmittag mit Blockflötenöl eingerieben, damit er wieder gut zieht und du ihn richtig schön spüren kannst. Und merke dir: Wenn wir uns hier in deiner Kammer oder auch in meiner zum ›Tête-à-Tête‹ treffen, bin ich für dich nicht ›Miss Marwood‹, sondern deine Herrin und so redest du mich auch an! Diese Disziplin lege ich dir auf, damit du lernst und begreifst, dass du mir in allem aufs Wort zu gehorchen hast, ist das klar?«

»Ja, Miss Mar ... äh, ja, Herrin«, antwortete ich.

»Und jetzt ziehst du dich ganz aus!«

Ich wusste längst, dass es sinnlos war, zu widersprechen, deshalb gehorchte ich anstandslos und stand schließlich splitternackt vor ihr. Zum zweiten Mal an diesem Tage schämte ich mich so sehr, dass mir die Tränen kamen.

Miss Marwood fühlte, was in mir vorging, sie legte den Rohrstock auf mein Bett, zog mich dann an sich und umarmte mich. Eine Welle der Erregung durchlief meinen Körper, ich bekam eine heftige Erektion, ich konnte es nicht verhindern und meine Scham wuchs ins Unerträgliche. Hemmungslos begann ich zu schluchzen, was sicher auch eine Folge meiner durch die Ereignisse des Tages völlig überreizten Nerven war. Ich verbarg mein Gesicht an Miss Marwoods Schulter und ihr verführerischer Duft mischte sich mit dem strengen Geruch der Lederweste, was mich zusätzlich erregte.

»Beruhige dich, Daniel«, sagte sie und aus ihrer Stimme klang echtes Mitgefühl, »du brauchst dich nicht zu schämen.«

Mit festem Griff umfasste sie meinen steifen Penis.

»Auch dafür nicht. Es ist zwar das erste Mal, dass du ganz nackt vor deiner Herrin stehst, aber es ist ganz sicher nicht das letzte Mal.«

Ich wusste nicht, wie mir geschah, nie zuvor hatte ich ein solch aufwühlendes Gefühl empfunden. Doch dem setzte sie rasch ein Ende, indem sie mir barsch befahl; »Leg dich hier über den Tisch, die Füße bleiben auf dem Boden, die Beine gestreckt und die Hände an die hintere Tischkante!«

Zitternd vor Angst gehorchte ich und legte mich – in der vorgeschriebenen Haltung – über meinen Schreibtisch, von dem sie vorher mit einer einzigen Handbewegung alle Gegenstände heruntergefegt hatte.

»So, mein Junge«, sagte sie dann, »jetzt bekommst du – wahrscheinlich zum ersten Mal in deinem Leben – richtig Dresche. Die Schläge zählst du laut mit! Du darfst auch nach Herzenslust schreien, aber zuerst will ich deutlich die Zahl hören.«

Eine Zeit lang geschah gar nichts, Harriet stand hinter mir und ich hörte an ihrem Atem, dass sie erregt war. Schließlich ergriff sie den Rohrstock und ließ ihn paar Mal durch die Luft pfeifen – dann sauste der erste Hieb herunter. Vor Schmerz blieb mir für einen Augenblick die Luft weg, ein gellender Schrei entfuhr mir und reflexartig fuhren meine Hände auf meinen Hintern.

»Das war wohl nichts«, sagte Harriet. »Nennst du das Mitzählen? Ich erinnere mich auch nicht, dir erlaubt zu haben, die Tischkante loszulassen und deinen Hintern zu reiben! Also, auf ein Neues: Hände an die Tischkante, Knie durchdrücken und den Hintern schön herausstrecken! Ja, so ist's brav! Ein hübscher Hintern ist das – wie geschaffen für den Rohrstock.«

Der nächste Hieb sauste hernieder, ich brüllte »Aaaaauuuuuh –eins« heraus, trommelte mit den Füssen auf den Boden und rieb laut heulend meine Kehrseite – wenn auch diesmal nur mit einer Hand.

Noch neun oder zehn Mal pfiff der Rohrstock herunter und nach jedem Hieb bot ich das gleiche Schauspiel: Schreien, Strampeln und Hintern reiben, dann rief ich verzweifelt: »Bitte nicht weiter – ich kann nicht mehr, ich kann das nicht aushalten! Bitte, haben Sie Erbarmen, Miss Marwood!«

»Verflucht und zugenäht!«, schrie sie wütend. »Du sollst ›Herrin‹ zu mir sagen!«

Mit voller Wucht schlug sie so zu, dass der Stock auf meinem linken Oberschenkel landete. Der furchtbare Schmerz an dieser unerwarteten Stelle verschlug mir erneut den Atem, ich weiß nicht mehr, ob ich wieder geschrien habe – plötzlich verschwamm alles vor meinen Augen – ich war einer Ohnmacht nahe.

Als Harriet sah, dass ich die Grenze meiner Belastbarkeit erreicht hatte, warf sie den Stock aufs Bett und sagte: »Oh je, mein lieber Daniel, ich sehe, dass du wirklich nichts Gutes gewohnt bist, deshalb ist die Übung für heute beendet. Du wirst schon noch lernen, was Strafdisziplin ist, aber wir haben ja noch viel Zeit!«

Immer noch schockiert von der Tortur, die Harriet »Übung« und etwas »Gutes« nannte, biss ich mir vor Wut auf die Lippen, ich glaube, in diesem Moment hätte ich sie erwürgen können.

Eins hatte sie auf jeden Fall erreicht: Ich hatte von jenem Zeitpunkt an eine schreckliche Angst vor dem Rohrstock. Harriet zwickte und knetete meinen malträtierten Hintern und ereiferte sich: »Ich kann es einfach nicht glauben: Ein englischer Junge, der jahrelang von einer Gouvernante erzogen worden ist, hat noch nie richtig den Rohrstock gespürt. Ich glaube, Miss Graham hat euch maßlos verwöhnt, sie hat es versäumt, euch rechtzeitig an Schläge zu gewöhnen. Wie alles im Leben, will nämlich auch das Wegstecken einer Tracht Prügel gelernt sein. Ich sage es noch einmal: Ich verlange Gehorsam und Respekt! Und du, Daniel, kannst durch dein Verhalten bewirken, dass die Anzahl der Striemen auf deinem Hintern gering bleibt und du möglichst schmerzfrei sitzen kannst.«

Endlich durfte ich vom Tisch herunter, noch immer benommen vor Schmerz und Scham stand ich nun demütig vor meiner Herrin.

»Hast du mir nichts zu sagen?«, fragte Harriet.

»Ich bitte Sie um Verzeihung wegen heute Morgen«, erwiderte ich, ich nahm an, dass sie das hören wollte.

»Es ist gut, mein Junge, noch einmal bekommst du deswegen keine Schläge, wir wollen es vergessen.«

Meinen Seufzer der Erleichterung nahm sie mit Lächeln zur Kenntnis. Ich wollte mich anziehen, doch sie befahl: »Nein, du bleibst nackt!«

Es war für mich noch nicht vorbei, es begann nun das ›Körpertraining‹ das zunächst sehr aufregend war, sich mit zunehmender Dauer aber als wahre Folter herausstellte.

Harriet setzte sich aufs Bett, ich musste ihr die Stiefel aufschnüren und ausziehen, dann lehnte sie sich am Kopfende an und streckte die Beine aus. Ich musste mich rittlings auf ihre Oberschenkel hocken, mein Hinterteil ihrem Gesicht zugewandt und dann den Oberkörper niederbeugen. Die Arme musste ich nach vorne ausstrecken und mein zur Seite gedrehter Kopf kam zwischen ihren Unterschenkeln zu ruhen. Harriet konnte nun meinen herausgespannten Po und durch die gespreizten Beine auch meine Genitalien bequem mit den Händen erreichen. Wieder spürte ich ihre Freude am Anblick meines nackten Körpers und ihre Lust auf das nun Folgende, ihre Seufzer verrieten es allzu deutlich. Sie begann, meinen Penis zu stimulieren, der sich sofort spontan versteifte. Gefühlvoll massierte sie ihn mit der rechten Hand, mit der linken streichelte sie meinen von den Hieben glutheißen Hintern; sie fuhr immer wieder mit den Fingerspitzen durch die Pospalte und kraulte zärtlich meine Hoden. Das war sehr schön, doch es gab eine böse Schikane: Ich durfte nicht zum Höhepunkt kommen, jedenfalls nicht ohne ihre Erlaubnis, sie hatte es mir bei strenger Strafe verboten. Wenn mein Orgasmus nahte, musste ich ausrufen: »Please stop, mistress!« (Bitte nicht weiter, Herrin!) Hierauf unterbrach sie ihr Tun und schlug mir mit der flachen Hand einige Male auf den Hintern, was aufgrund der mittlerweile aufgeschwollenen Stockstriemen höchst schmerzhaft war und deshalb meinen Erregungspegel wieder sinken ließ. Hierauf aber begann es aufs Neue, bis ich wieder kurz vor dem Höhepunkt war. Ab und zu schob Harriet mir einen Finger in den Po, um so die Kontraktionen meiner Prostata kontrollieren zu können, die ihr den Grad meiner Ekstase verrieten. Ich geriet auf diese Weise immer mehr in einen körperlichen und auch seelischen Ausnahmezustand, denn was Harriet mit mir anstellte, war völlig neu für mich, auch war ich nie zuvor so heftig verdroschen worden. Ein einziges Mal hatte Miss Graham mich gezüchtigt, ich weiß nicht einmal mehr, aus welchem Grund, doch sie hatte mich mit dem Rohrstock mehr gestreichelt als geschlagen. Auch hatte ich mich nicht ausziehen müssen, dieser Anblick hätte die überaus prüde Frau sicher zu sehr irritiert.

Das ›Training‹ dauerte mindestens eine Stunde, während es für Harriet ein ausgesuchter Genuss war, wurde es für mich mit zunehmender Dauer zur Tortur, zu einem Wechselbad von Lust und Qual. Hinzu kam die Angst, schließlich doch zu ›versagen‹, den Orgasmus nicht verhindern zu können und die Angst vor der dann fälligen Strafe. Doch Harriet kannte kein Erbarmen, bevor ich nicht mindestens zehn Mal »Bitte nicht weiter, Herrin« hatte ausrufen müssen, setzte sie das grausame Spiel fort. Sie konnte aber ziemlich gut beurteilen, in welchem Zustand ich mich gerade befand. Erst, als ich bereits Schmerzen in den Leisten und Hoden verspürte und meine Reaktion darauf das erkennen ließ, erfolgte endlich die Erlösung in Form von Harriets Befehl: »Los, komm jetzt!« In kräftigen Eruptionen schoss das Sperma auf das Handtuch, das auf ihrem Schoß bereit lag – ich schrie dabei vor Lust.

»Oh ja, mein Schatz, so ist es gut, so ist es brav«, lobte Harriet mich.

Ich lag da und stöhnte erschöpft und erleichtert, immer noch spürte ich das Nachzucken in meinem Unterleib und nach und nach erschlaffte mein Penis, den Harriet immer noch sanft umfasst hielt. Natürlich hatte ich schon – wie wohl jeder Junge in meinem Alter – selbst an mir herumgespielt und kannte sexuelle Lust und Befriedigung, aber nie zuvor hatte ich einen derartigen Gefühlsaufruhr erlebt, wie ihn Harriet in mir entfacht hatte.

»Was ist nur geschehen«, stammelte ich, »was haben Sie ...«

»Psst, sag jetzt nichts, Daniel! Ich habe ja gespürt, wie sehr sich dein Körper nach Erfüllung sehnte. Deshalb ist es besser, dass du diese Erfahrung mit mir gemacht hast und nicht mit irgendeiner schäbigen Hure, die dich noch bestohlen hätte und von der du dir wer weiß was für Krankheiten eingefangen hättest. Wir werden dieses Training noch öfter durchführen, es dient deiner Disziplinierung. Ich will, dass du lernst, dich zu beherrschen, damit du später eine Frau richtig befriedigen kannst.«

Schweigend lagen wir dann eine Weile nebeneinander auf dem Bett, ich war noch benommen von der starken Erregung. Mir wurde klar, was für eine Macht eine Frau über einen Mann haben kann. Nur sie kann ihn auf den Gipfel der Lust treiben und ihm die höchsten Wonnen erschließen. Wie abhängig sind wir Männer doch von den Weibern und wie schnell bringt uns eine schöne Frau um den Verstand! Ich musste über mich selbst lachen, weil ich in meinem jugendlichen Alter solch philosophische Betrachtungen anstellte.

»Warum lachst du, Daniel?«, fragte Harriet, die meinen Penis immer noch nicht loslassen wollte.

»Ich weiß nicht, Herrin, ich bin wohl etwas verwirrt.«

Harriet fragte nicht weiter, sie richtete sich auf, nahm das Handtuch von ihrem Schoß und warf es in meinen Schmutzwäschekorb.

Nach einer Pause sagte ich: »Darf ich Sie etwas fragen?«

»Nur zu!«

»Wie heißen Sie eigentlich mit Vornamen?«

»Harriet. Dass du dich ja nicht unterstehst, mich so anzureden!«

»Natürlich nicht, Herrin.«

»Und jetzt gehen wir schlafen. Alles, was hier heute Abend stattgefunden hat, bleibt unter uns, kein Wort darüber, zu niemandem, versprich mir das!«

»Ich verspreche es, Herrin.« Als Nächstes durfte ich ihr die Stiefel wieder anziehen und zuschnüren.

»Und lass dir bloß nicht einfallen, mich morgen beim Frühstück mit ‚Herrin‘ anzureden!«

»Auf keinen Fall, Harriet … äh … Miss … äh … Herrin.«

Für einen Moment dachte ich, sie würde wieder zum Rohrstock greifen – doch stattdessen brach sie in herzliches Lachen aus, in das ich schließlich einstimmte.

Noch immer lachend, sagte sie: »Gute Nacht, mein Junge!«

»Gute Nacht, Herrin!«

Auf dem Weg zur Tür blieb sie stehen, drehte sich um und befahl: »Komm her!«

Sie zog mich an sich und umarmte und küsste mich. Als ich ihre weichen Lippen auf den meinen spürte, durchfuhr mich ein himmlischer Wonneschauer.

Doch dann war sie plötzlich wieder die strenge Gouvernante und sie ermahnte mich: »Vergiss nicht, was der eigentliche Anlass unseres Tête-à-têtes war!«

Zur Bekräftigung ihrer Worte gab sie mir zwei tüchtige Klatscher, links – rechts, auf meinen verstriemten Hintern, sodass ich die Luft durch die Zähne zog. Dann nahm sie ihren Rohrstock und verließ mein Zimmer.

Nackt wie ich war, warf ich mich auf's Bett und vergrub mein Gesicht in den Kissen, um mich noch einmal an Harriets Duft zu berauschen, den ich noch deutlich wahrnehmen konnte.

Endlich zog ich meinen Schlafanzug an, räumte die auf dem Boden herumliegenden Hefte, Bücher und Schreibfedern wieder auf den Tisch und ging zu Bett. Ich wusste, dass ich diesen Tag nie in meinem Leben vergessen würde.

›Oh Harriet, ich liebe dich so sehr!‹, war mein letzter Gedanke vor dem Einschlafen.

***

Dass Harriet eine Sadistin war, ist unschwer zu erkennen. Der Begriff taucht in Daniels Aufzeichnungen allerdings nie auf, obwohl es ihn zu dieser Zeit bereits gab. Harriet ›spielte‹ mit Daniel wie die Katze mit der Maus: Sie liebkoste und küsste ihn, nachdem sie ihn gnadenlos verdroschen hatte und alles geschah nach ihrer Laune. Die Methode »Zuckerbrot und Peitsche« ist bestens geeignet, um jemanden gefügig zu machen. Harriet durfte das tun, denn sie hatte das »Weisungs- und Züchtigungsrecht«, wie es damals hieß. Hinzu kam, dass Daniel in Harriet verliebt war und sie heftig begehrte. Das machte es ihm leicht, sich ihr zu unterwerfen. Es entstand bei beiden eine sexuelle Hörigkeit, denn auch Harriet hatte starke Gefühle für Daniel. Seine Willfährigkeit, sein schöner Körper, der nackte Hintern, der auf Dresche wartete – das alles liebte sie und mochte es nicht missen. Und dann die Sex-Folter: Eine gute Stunde lang reizte und massierte sie den Penis ihres Zöglings und verriet damit, dass sie ›schwanzgeil‹ war. Wie vom Teufel geritten, machte sie den Jungen verrückt, bis sie ihm dann endlich die Entspannung gewährte – ein meiner Meinung nach sadistisches und höchst ungesundes Ritual. Harriets Jugend, ihre sexuelle Unerfahrenheit, auch ihre Neugier und Spielfreude trugen dazu bei, dass sie ihre Machtposition hemmungslos ausnutzte.

***

Am nächsten Morgen – kaum, dass ich mich gewaschen und angeklei-
det hatte – stürmte Ellen in mein Zimmer.

»Was hat Miss Marwood gestern Abend mit dir gemacht, Daniel?«,
fragte sie.

»Na was wohl, dasselbe, was sie mit dir gestern Morgen gemacht
hat.«

»Das will ich genauer wissen!«, bohrte Ellen weiter. »Komm, erzähl es
mir!«

»Den Hintern hat sie mir versohlt.«

»Den nackten Hintern?«

»Ja!«, stieß ich hervor.

»Komm «, drängte Ellen, »ich musste mich gestern auch vor dir ausziehen und habe mich fast zu Tode geschämt, zeig mir deinen nackten
Arsch, ich will die Striemen sehen, gib mir die Genugtuung!«

Glücklicherweise ertönte in diesem Moment die helle Glocke, mit der
uns Babsi zum Frühstück rief – damit war der Wortwechsel zunächst
beendet.

»Ich komme heute Mittag wieder, Daniel, glaube ja nicht, dass du mir
entgehst, verstanden?«, verkündete Ellen.

»Verschwinde!«, sagte ich, worauf sie mein Zimmer verließ.

Als ich ins Esszimmer kam, waren alle schon am Tisch versammelt.
Harriet warf mir mit hochgezogenen Augenbrauen einen fast schüch-
ternen Blick zu, nichts von Spott oder Schadenfreude war in ihrem
Gesicht zu lesen, – darüber war ich sehr erleichtert – denn das hätte
ich nicht ertragen. Ellen vermied es, mich anzusehen, Mrs. Plimsoll
und Babsi warfen mir fragende Blicke zu; besonders in Babsis
Gesichtsausdruck war echte Anteilnahme zu lesen, was mich einiger-
maßen überraschte, denn normalerweise ließ sie keine Gelegenheit

aus, mich zu ärgern. Alle wussten, dass ich von Harriet gezüchtigt worden war. Mein Hintern und mein linker Oberschenkel schmerzten böse und obwohl ich nicht allzu viele Rohrstockhiebe kassiert hatte, trieb allein die Erinnerung daran mir die Tränen in die Augen.

Am Nachmittag ließ Harriet sich von Mr. Langton in die Stadt kutschieren, um Besorgungen zu machen.

Gegen drei kam Ellen wieder in mein Zimmer.

»Komm, Daniel, sei kein Spielverderber«, quengelte sie, »du weißt genau, was ich will.«

»Du bist unerträglich!«, sagte ich zu ihr, doch dann tat ich ihr den Gefallen und entblößte meine Kehrseite.

»Allmächtiger Gott, das sieht ja furchtbar aus, das sind ja grauenhafte Striemen!«, rief sie entsetzt. »Und das hier an deinem Oberschenkel ist ja besonders schlimm – fühl doch nur einmal diese Schwellung hier.« Dabei drückte sie auf die böse Strieme auf meinem Oberschenkel, was so sehr schmerzte, dass ich laut aufstöhnte.

»Ich sage dir«, fuhr Ellen fort, »so nett und freundlich Miss Marwood sein kann – im Grunde ist sie eine Bestie!«

»Nein, das ist sie nicht!«, stieß ich böse aus und zog mich wieder an.

»Du verteidigst sie auch noch?«, rief Ellen ungläubig. »Du verteidigst diese Person, die dich derartig geschlagen hat? Ich sage dir, dieses Weib ist brutal und grausam!«

»Ja gut, meinetwegen«, schrie ich, »dann ist sie grausam, aber ich liebe sie!«

»Dann ist dir wohl nicht zu helfen«, sagte Ellen, »aber du wirst schon noch zur Vernunft kommen.«

»Halt dich da raus!«, gab ich zurück.

»Schon gut, ich sage nichts mehr. Bis später, Daniel!«

Am Abend kam Harriet zu mir in mein Zimmer.

»Hose runter!«, befahl sie. »Die Unterhose auch!«

Ich gehorchte wortlos und mit fahrigen Bewegungen, dabei sah ich sie verunsichert an.

»Keine Angst, Daniel«, erklärte sie, »du bekommst keine Schläge – wie du siehst, trage ich mein Straßenkostüm und ich habe auch keinen Rohrstock dabei. Ich habe in der Stadt eine sehr gute Salbe gekauft, damit möchte ich deine Striemen behandeln. Knie dich auf dein Bett, deinen hübschen Hintern streckst du wieder schön heraus.«

Nachdem ich ihren Befehl befolgt hatte, begann sie, mein verschwieltes Hinterteil prüfend abzugreifen; sie fuhr mit den Fingern über die schlimmen Striemen und ab und zu kniff sie mir so fest in die Backen, dass mir ein gequältes »Aaaahh« entfuhr, dabei sagte sie: »Ich hoffe sehr, dass du aus der Lektion von gestern gelernt hast! Du kannst froh sein, dass du nicht die volle Anzahl der Hiebe bezogen hast, die du eigentlich verdient hättest! Die Lust auf Unverschämtheiten wie gestern Morgen dürfte dir jedenfalls vergangen sein und der Respekt, den du jetzt vor dem Rohrstock hast, kann dir nur zum Vorteil gereichen. Und über eines sei dir völlig im Klaren: Wenn du in Zukunft ungehorsam bist oder dir Frechheiten herausnimmst, werde ich dich wieder so bestrafen und dann wird es kein vorzeitiges Ende der Züchtigung mehr geben, sondern ich werde dich erbarmungslos durchwichsen, hast du mich verstanden!«

»Ja, Miss Marwood.«

Sie begann dann, die Salbe einzumassieren, und sie tat das so gründlich und ausgiebig, dass ich immer wieder schmerzvoll aufseufzte. Schließlich beendete sie die Prozedur, indem sie mir auf beide Pobacken zwei scharfe Klatscher verabreichte, die ich jeweils mit einem kurzen und gellenden »Au« quittierte.

Sie nahm ein Taschentuch aus meinem Wäscheschrank, entfernte damit die Salbenreste von ihren Fingern und Handflächen, warf es anschließend in meinen Schmutzwäschekorb und ordnete an: »Zieh dich jetzt wieder an, die Salbe darfst du vierundzwanzig Stunden lang nicht abwaschen. Morgen um die gleiche Zeit wäschst du dich mit Seife, dann trägst du die Salbe erneut auf. Und nun gute Nacht, mein Junge!«

Wieder umarmte sie mich – aber einen Kuss gab sie mir vorsichtshalber nicht – sie wollte wohl meine Gefühle nicht wieder anfachen.

Am nächsten Morgen, als wir im Schulzimmer auf Harriet warteten, fragte mich Ellen: »Was hat Miss Marwood gestern Abend von dir gewollt? Ich weiß, dass sie wieder in deinem Zimmer war!«

»Du bist neugierig wie eine junge Ziege.«, sagte ich. »Was hältst du davon, wenn du dich ab sofort nur noch um deine eigenen Angelegenheiten kümmerst?«

»Wenn du nicht antwortest, werde ich dafür sorgen, dass du wieder bestraft wirst!«, konterte Ellen. »Ich werde Miss Marwood nackt an die Tafel malen und ihr sagen, dass du es warst – es entspräche ja auch dem, was du dir ohnehin von morgens bis abends vorstellst – du ziehst sie ja ständig mit deinen Blicken aus, du liebeskranker Kater. Deine Strafe kennst du ja schon: Ein Bad in der Küche und ein ›Tête-à-Tête‹ mit Miss Marwood, dann wird sie dich wieder mit dem Rohrstock durchwichsen. Schöner kann es doch gar nicht ...«

Ellen verstummte plötzlich und wurde kreidebleich.

Ich folgte ihrem Blick: Miss Harriet stand in der Tür – wir hatten sie nicht kommen hören und wir mussten annehmen, dass sie alles gehört hatte.

»Interessant, was du da so erzählst, Ellen«, sagte sie, »dann führe mal aus, was du angekündigt hast, male mich nackt an die Tafel, vielleicht wird es ja ein schönes Bild. Na los, nur zu!«

»Bitte, Miss Marwood, ich habe nur Spaß gemacht«, sagte Ellen, ihr Gesicht war knallrot geworden, »bitte, ersparen Sie mir das!«

»Gut, Ellen«, entgegnete Harriet, »dann ziehst du dich jetzt vollständig aus. Da du ja davon überzeugt bist, dass Daniel mich nackt sehen möchte, darfst du ihn nun mit deinem Anblick erfreuen.«

Ellen stand zunächst wie gelähmt da und blickte Harriet fassungslos an.

»Zieh dich nackt aus!«, befahl Harriet so scharf, dass Ellen zusammenfuhr. »Und wage es nicht, wieder mit mir zu diskutieren oder zu verhandeln, versuche es gar nicht erst!«

Ellen gehorchte nun, auch sie hatte längst begriffen, dass sie durch Widerspruch ihre Lage nur verschlimmern würde – schließlich stand sie splitternackt vor uns. In der Annahme, erneut Senge beziehen zu müssen, wollte sie sich über die Schulbank legen, doch Harriet erklärte ihr: »Nein, der Rohrstock bleibt dir diesmal erspart. Aber ein wenig Gymnastik wird dir guttun. Damit kannst du mir und Daniel beweisen, wie sportlich und gelenkig du bist.«

Was nun folgte, war sicher für Ellen furchtbar demütigend, für mich aber war es eine reine Augenweide: Sie musste auf Zehen hüpfen, ferner Knie- und Rumpfbeugen, Liegestütze, Spagat und anderes mehr absolvieren, und das eine gute Viertelstunde lang – splitternackt. Ich konnte mich nicht sattsehen an ihrem schönen Körper, an den wippenden Jungmädchenbrüsten, am Muskelspiel ihrer runden und festen Pobacken und an dem niedlichen Nestchen zwischen ihren strammen Schenkeln: an ihrer jungfräulichen Muschi. Dann war – was mich traurig stimmte – die Strafmaßnahme beendet und Ellen durfte sich anziehen.

»Hast du mir nichts zu sagen?«, fragte Harriet sie hierauf.

»Es tut mir leid, was ich Daniel antun wollte, bitte verzeihen Sie es mir, ich kann mich manchmal selber nicht ausstehen. Ich verspreche Ihnen, dass ich mich bessern werde, Miss Marwood.«

»Ich hoffe es für dich, Ellen, beim nächsten Fehlverhalten gibt's nämlich wieder den Rohrstock und den wirst du dann mal so richtig ausgiebig spüren. Doch nun wollen wir das alles vergessen und mit dem Unterricht beginnen!«

***

Ellen hatte, weil sie Daniel erpressen wollte, sicher eine Strafe verdient. Doch die Art und Weise dieser Bestrafung ist für mich ein weiterer Beweis für den Sadismus und auch die Boshaftigkeit der jungen Gouvernante. Ellen musste sich vor ihrem Bruder nackt ausziehen und sich ihm in allen möglichen Positionen und geradezu unanständigen Stellungen präsentieren – welch eine schlimme Demütigung für das 18-jährige Mädchen! Ellen erahnte zu diesem Zeitpunkt bereits, dass sich zwischen Harriet und Daniel so etwas wie eine Romanze anbahnte. Und Harriet fühlte sich von Ellen durchschaut, das machte sie wütend und diese Wut bekam Ellen in Form von Beschämung und Erniedrigung zu spüren.

***

Die nächsten Wochen verliefen in einem fast immer gleichen Schema: Schulunterricht, Schularbeiten, Sport und Spiel, bei schönem Wetter Ausflüge und abends manchmal Theaterbesuche. Ellen verhielt sich mustergültig, sie wollte Harriet auf keinen Fall auch nur den geringsten Anlass für eine erneute Bestrafung bieten. Anders war es bei mir, ich provozierte manchmal sogar eine Zuchtmaßnahme, denn diese sah dann so aus: Abends das Bad in der Küche, dann das ›Tête-à-Tête‹ auf meinem Zimmer. Es gab aber keine Rohrstocksenge, sondern das ›Körpertraining‹. Das war immer wieder eine schreckliche Tortur, doch sie folgte einem stillschweigenden Abkommen zwischen Harriet und mir: Ich hätte Harriet zuliebe alles mit mir machen lassen und ich spürte, dass auch Harriet starke Gefühle für mich hatte. Und das Körpertraining war die einzige Möglichkeit für mich, zu sexueller Befriedigung zu kommen, denn Harriet hatte mir die Selbstbefriedigung verboten und ich hielt mich an dieses Verbot. Immer mehr drängte es mich aber auch zu einem echten Erlebnis mit einer Frau, zum Geschlechtsakt nämlich, doch ich wusste, dass das mit Harriet nicht möglich sein würde. Nach und nach veränderte sich meine Einstellung zum weiblichen Geschlecht. Die schwärmerische Verliebtheit in Harriet verwandelte sich nach und nach in ein Gefühl der Sympathie und Bewunderung. Harriets Anblick bewirkte allerdings nach wie vor bei mir eine deutliche Pulsbeschleunigung – aber das wäre bestimmt jedem Mann so ergangen. Indessen begann ich, Babsi mehr und mehr mit anderen Augen zu sehen. War sie früher nur eine dumme Göre für mich, so sah ich nun in ihr ein fesches Mädchen, das kurz vor seinem fünfzehnten Geburtstag stand und dessen Reize mich keineswegs kalt ließen. Immer öfter kam es zu ›zufälligen‹ Berührungen und die Blicke, die sie mir zuwarf, ließen erkennen, dass sie auch etwas (oder sogar sehr viel) für mich empfand.

Eines Nachmittags, als sie das Fenster in meinem Zimmer putzte, trat ich unbemerkt hinter sie und sah ihr zu, wie sie im halblangen Kittelchen auf der Fensterbank stand und fleißig über die Scheiben wischte. Wenn sie sich nach oben reckte, rutschte der Kittel hoch und gestattete einen Blick auf ihre strammen Oberschenkel – ich konnte nicht widerstehen und zwickte kräftig hinein. Sie kreischte laut auf, verlor das Gleichgewicht und fiel nach hinten, sodass ich sie auffangen musste.

»Daniel, was fällt dir ein«, rief sie böse, »bist du noch ...«

Ich zog sie an mich und küsste sie – sie wehrte sich nicht – dann verlangte die Natur ihr Recht: Wir rissen uns die Kleider vom Leib, liebkosten uns heftig und ›Es‹ passierte.

Danach lagen wir entspannt und glücklich auf dem Bett und Babsi flüsterte: »Weißt du eigentlich, wie lange ich schon in dich verliebt bin?«

»Nein«, erwiderte ich.

»Ach, Daniel, du bist wirklich ein Trottel! Ich habe dich ja oft geärgert, aber das wollte ich eigentlich gar nicht, ich wollte immer nur ...«

Plötzlich wurde die Tür geöffnet und Harriet betrat das Zimmer. Mit einem Blick erfasste sie die Situation, wortlos stand sie vor uns und sah mich an – seltsamerweise war ihr Gesichtsausdruck gar nicht böse, sondern eher traurig.

Schließlich sagte sie: »Ich erwarte euch beide in einer halben Stunde im Salon!« Ohne ein weiteres Wort verließ sie das Zimmer.

Als wir in den Salon kamen, war Mrs. Plimsoll, die wohl schon von Harriet über das Geschehene informiert worden war, ebenfalls anwesend.

Mit bewegter Stimme wandte sie sich an Babsi: »Wie konntest du nur – ich sollte dich auf der Stelle durchprügeln!« Dann schlug sie die Hände vors Gesicht und rief aus: »Nein, diese Schande!«

Harriet ergriff das Wort: »Daniel, mit deinem verantwortungslosen Verhalten hast du mich in eine sehr unangenehme Situation gebracht, dafür hast du zunächst einmal fünfzig Rohrstockhiebe verdient. Was geschehen ist, könnte mir als Verletzung meiner Aufsichtspflicht oder gar als Kuppelei ausgelegt werden. Ich muss leider deinen Vater informieren, von ihm hängt es ab, was weiter geschehen wird. Und nun zu dir, Babsi: Wenn Mr. Williams der Meinung ist, dass dein weiterer Aufenthalt in diesem Hause seinen Ruf beschädigen oder eine sittliche Gefährdung für Daniel darstellen könnte, musst du mit fristloser Entlassung rechnen.«

Mrs. Plimsoll rief entsetzt: »Oh nein, Madam, dazu darf es nicht kommen! Bitte schreiben Sie nicht an Mr. Williams, ich verspreche Ihnen, dass ich Babsi streng bestrafen werde und dass so etwas nicht wieder vorkommt.«

In Babsis Gesicht stand das blanke Entsetzen, fassungslos blickte sie Harriet und Mrs. Plimsoll abwechselnd an.

Harriet erklärte: »Ich habe in diesem Fall die Entscheidungskompetenz, liebe Mrs. Plimsoll, vor allem, weil Daniel involviert ist.« Zu Babsi gewandt, fuhr sie fort: »Natürlich weiß ich, was die Entlassung für dich bedeuten würde. Du kämst vor den Bezirkssheriff und dann ins Arbeitshaus, dort würdest du mit Diebinnen und Huren zusammengepfercht und wärst den brutalen und perversen Aufsehern ausgeliefert.«

Babsi begann laut zu heulen und rief: »Nein! Bitte nicht! Ich will nicht ins Arbeitshaus! Bitte, bitte nicht, Miss Marwood! Bestrafen Sie mich, jetzt sofort! Ich hole den Rohrstock aus dem Schulzimmer, wenn Sie es befehlen, aber bitte, bitte schreiben Sie nicht an Mr. Williams!«

»Babsi, ich darf dich nicht bestrafen und ich muss an Mr. Williams schreiben, es ist meine Pflicht, erst, wenn ich seine Antwort habe, sehen wir weiter. Und jetzt kein Wort mehr, ich will nichts mehr hören!«

Harriet verließ den Salon und Babsi verbarg mit lautem Aufheulen ihr Gesicht in ihren Armen.

***

Nun war das geschehen, was irgendwann ohnehin ›fällig‹ gewesen wäre: Die ständige Aufreizung durch das ›Körpertraining‹ hatte bei Daniel den Wunsch nach richtigem Verkehr mit einem Mädchen übermächtig werden lassen. Das wusste Harriet einerseits, sie sah es ja auch als eins der Ziele ihrer Erziehung an, den Jungen darauf vorzubereiten. Andererseits war sie jedoch auch eifersüchtig, sie betrachtete Daniel als ihren Besitz, als ihren Leibeigenen, über dessen Sexualleben nur sie alleine zu bestimmen hatte. Ihr Zorn über seine ›Untreue‹ richtete sich aber in erster Linie auf das Mädchen, auf Babsi. Harriet sah in ihr die Schuldige und durchaus auch eine Konkurrentin. Babsi konnte eine ›sittliche Gefährdung‹ für Daniel sein, das galt aber nicht umgekehrt. Es zeigt sich hier, dass Personen in hohem Maße nach ihrer sozialen Stellung beurteilt wurden, auch in der Rechtsprechung. Babsi war nur ein Dienstmädchen, Daniel aber der Sprössling eines angesehenen und wohlhabenden Kaufmanns. Der Spruch »Die Kleinen fängt man, die Großen lässt man laufen« gilt zwar heute auch noch – er galt damals aber in besonders hohem Maße.

Die nächsten Wochen waren für uns alle furchtbar, wir fühlten mit Babsi und konnten sie doch nicht trösten und beruhigen. Zu meinem großen Bedauern magerte sie immer mehr ab, sie hatte dunkle Ringe unter den Augen, schlief kaum und weinte ständig – von der frechen Göre war nur noch ein Häufchen Elend übrig geblieben.

Endlich traf das Antwortschreiben meines Vaters ein, sobald Harriet es gelesen hatte, zitierte sie uns alle in den Salon – unsere Nerven waren bis zum Zerreißen angespannt.

Harriet verkündete: »Das Wichtigste vorneweg: Babsi, du bleibst hier, Mr. Williams hat dich nicht entlassen.«

Ich glaubte, das Poltern der Steine zu hören, die uns allen vom Herzen fielen – bei Babsi war es sicher ein Felsbrocken. Sie kämpfte mutig mit den Tränen und sagte mit heiserer Stimme: »Danke, Miss Marwood!« Dann konnte sie sich nicht mehr beherrschen, sie begann wild zu schluchzen – die Spannung der letzten Wochen löste sich in einem Weinkrampf und sie brachte mühsam hervor: »Oh, ich bin Ihnen so unendlich dankbar, ich werde Ihnen das nie vergessen.«

Harriet antwortete: »Danke lieber deinem Arbeitgeber, der ja, wie du weißt, auch dein Vormund ist. Nun ja, ein wenig darfst du auch mir danken, in meinem Schreiben an Mr. Williams habe ich einen Teil der Schuld auf mich genommen – schließlich habe ich in gewisser Weise meine Aufsichtspflicht verletzt – wenigstens Daniel gegenüber.«

»Ich wusste es, ich wusste, dass Sie mir helfen würden, Miss Marwood!«, rief Babsi, immer noch heftig schluchzend.

»Nein, das wusstest du nicht und jetzt hältst du einmal deinen Mund und hörst mir weiter zu! Du unterstehst ab sofort meinem Regiment, was das bedeutet, wirst du bald spüren! Wie lange das so sein wird, werden Mr. Williams und ich noch bestimmen. Ab morgen wirst du am Schulunterricht teilnehmen, was dich nicht von deinen anderen Pflichten entbindet! Mrs. Plimsoll, Sie erstellen bitte, nachdem Sie Babsis Schulstundenplan erhalten haben, einen entsprechenden Zeitplan für ihre Küchen- und Haushaltstätigkeiten!«

»Ja, Madam.«

»Ellen, du hilfst Babsi bei den Schularbeiten und gibst ihr – falls erforderlich – Nachhilfestunden.«

»Gerne, Miss Marwood.«

Babsi war froh, so glimpflich davon gekommen zu sein, unendlich erleichtert strahlte sie mich an.

Doch dann sagte Harriet in dem wohlbekannten Tonfall zu ihr: »Heute Nachmittag um drei kommst du in meine Kammer!«

Babsis Lächeln erstarrte und sie hielt den Atem an, bis es hieß: »Dort bekommst du dann deine Strafe!«

Nach einem abgrundtiefen Seufzer hauchte Babsi: »Ja, Miss Marwood.«

Harriet fuhr fort: »Daniel, du erwartest mich heute Abend in deinem Zimmer! Du weißt ja, welche Rechnung wir noch offen haben, nicht wahr?«

Ohne meine Antwort abzuwarten, verließ sie den Salon.

Den Brief, den Harriet von meinem Vater bekommen hatte, hat sie uns später noch vorgelesen. Er lautete:

»Meine liebe Miss Marwood!

Mit Bestürzung erfuhr ich durch Ihr Schreiben von dem Vorfall zwischen meinem Sohn und unserem Mädchen Babsi. Da ich die näheren Umstände von hier aus nicht einschätzen kann, überlasse ich es Ihnen, die nötigen Folgerungen zu ziehen. Keinesfalls möchte ich eine Schuldzuweisung vornehmen, auch nicht Ihnen gegenüber, denn es ist unmöglich, junge Leute ständig zu überwachen. Auch werde ich dem Mädchen nicht kündigen, denn, wie Sie wissen, käme sie dann ins Arbeitshaus, wo sie von den Aufsehern vergewaltigt und halb totgeprügelt würde. Ich überantworte Ihnen jedoch, zunächst auf unbestimmte Zeit, das volle Weisungs- und Züchtigungsrecht über Babsi, die ja normalerweise Mrs. Plimsoll untersteht. Natürlich haben Daniel und Babsi eine Strafe für ihren Leichtsinn verdient, die Entscheidung über die Art der Strafe und das Strafmaß liegt bei Ihnen. Seien Sie nur nicht zu zimperlich im Bezug auf Babsi! Wenn man solche Mädchen zu lasch erzieht, wird ihr Charakter verdorben! Versohlen Sie ihr einmal ordentlich den Hintern, ich habe das Gefühl, dass das bei ihr schon lange fällig ist, auch wünsche ich, dass sie ab sofort am Schulunterricht teilnimmt. Wie Sie wissen, ist Babsi aus dem Waisenhaus zu uns gekommen und hat bei uns ihr Zuhause gefunden. Ich mag Babsi sehr und sie mag mich auch, ich bin für sie wie ein Vater, deshalb werde ich sie nicht fallen lassen. Handeln Sie bitte in diesem Sinne! Ich hoffe sehr, dass das Geschehene keine Folgen haben wird – Sie wissen, was ich meine – halten Sie mich bitte über alles Weitere schriftlich auf dem Laufenden!

Mit besten und herzlichen Grüßen,

Hugh Williams«

***

Am Abend ließ mich Harriet lange auf ihr Erscheinen warten und wieder einmal hasste ich sie, weil sie so genau wusste, wie sie mich seelisch quälen konnte. Wieder war mir schlecht vor Angst, zumal ich ja wusste, was mir blühte: Fünfzig Rohrstockhiebe auf den nackten Hintern! Mir war klar, dass ich das nicht durchstehen würde, auch beim Mitzählen würde ich sicher wieder versagen. Ich rätselte, nach dem wievielten Schlag ich wohl bewusstlos werden würde. Einzig der Gedanke an Babsi machte mir Mut, denn sie hatte am Nachmittag ihre Strafe schon bekommen, allerdings wusste ich nichts Näheres darüber, weil Babsi anschließend sofort in ihrem Zimmer eingesperrt worden war und es nicht mehr verlassen durfte.

Endlich erschien Harriet und wieder trug sie ihre Herrinnen-Tracht: Die halb offene Lederweste, die ihren nackten Oberkörper eng umschloss, die hellen, wie eine zweite Haut sitzenden Leggins und die hohen Lederstiefel. In den Händen hielt sie den Rohrstock, den sie ungeduldig hin und her bog.

»So, Daniel, diesmal kommen wir gleich zur Sache! Vergiss ja nicht, dass ich jetzt wieder deine Herrin bin, und dass du mich auch so anzureden hast! Du weißt, wofür du jetzt bestraft wirst: Du, als der Ältere, hättest gegenüber Babsi nicht derartig die Beherrschung verlieren dürfen, deshalb trifft dich die Hauptschuld, denn du hast Babsi verführt. Einen Teil der Schuld nehme ich jedoch auf mich, weil ich dazu beigetragen habe, deinen Trieb zu stimulieren und in eine gezielte Bahn zu lenken. Dafür ziehe ich dir zwanzig Hiebe ab, du bekommst also nur dreißig – auch erlasse ich dir das Mitzählen.«

»Was haben Sie mit den Riemen und dem Tuch vor, Herrin?«

»Ich hoffe sehr, dass ich sie nicht brauchen werde, mein Junge. Wenn du auch nur ein einziges Mal deine Strafstellung aufgibst, werde ich dich mit diesen Riemen an dein Bett fesseln, dann beginnen wir wieder von vorne. Falls du zu laut schreien solltest, werde ich dich mit dem Tuch knebeln, hast du mich verstanden?«

»Ja, Herrin.«

Ich spürte, wie meine Knie zu zittern begannen. Unaufgefordert zog ich mich vollständig aus und legte mich über meinen Schreibtisch, den ich vorher schon abgeräumt hatte. Ich streckte meinen Hintern weit heraus und umklammerte die hintere Tischkante mit eisernem Griff.

»Sehr schön, Daniel«, sagte Harriet, »ich sehe, du hast etwas gelernt.«

Dann ging es los: Das Pfeifen und Klatschen der Hiebe mischte sich mit meinem Geschrei – wieder glaubte ich, vor Schmerzen wahnsinnig zu werden, und geriet an den Rand einer Ohnmacht, doch ich widerstand der Versuchung, meinen Hintern mit den Händen zu schützen, denn ich hatte keine Lust, an mein Bett gefesselt zu werden und die Tortur von vorne beginnen zu lassen.

Harriet schlug in rascher Folge, es schien, als wollte sie die Strafmaßnahme möglichst schnell hinter sich bringen. Diesmal hielt ich durch, ich weiß nicht, was mir die Kraft gab – wahrscheinlich meine Liebe zu Babsi.

»Dreißig«, zählte Harriet schließlich und legte den Rohrstock aufs Bett.

»Komm hoch!«, sagte sie dann. Sie schloss mich in ihre Arme und stieß einen erleichterten Seufzer aus.

Ich kämpfte tapfer mit den Tränen und sagte mit erstickter Stimme: »Herrin, wenn Sie jetzt von mir erwarten, dass ich mich entschuldige, muss ich Sie enttäuschen. Ich bereue nicht, was zwischen Babsi und mir passiert ist.«

Harriet setzte sich aufs Bett und ich musste wieder Leibsklave spielen und ihr die Stiefel aufschnüren und ausziehen. Sie sagte dann zu mir: »Ich verlange gar nicht, dass du irgendetwas bereust, aber ich hoffe, dass du die Verantwortung für dein Verhalten gegenüber Babsi übernimmst. Ich erwarte von dir, dass du sie heiratest, sobald du achtzehn Jahre alt bist! Dein Vater hätte sicher nichts dagegen, zumal er völlig frei von irgendwelchem Standesdünkel ist.«

»Das habe ich sowieso vor«, antwortete ich.

»Dann ist es gut, Daniel, ich freue mich sogar darüber, Babsi wird dir eine gute Ehefrau sein.«

Wir lagen noch eine Weile nebeneinander auf dem Bett – ich war immer noch ganz nackt.

Schließlich sagte ich: »Ich möchte Sie etwas fragen, Herrin.«

»Und das wäre?«

»Haben Sie jemals den Stock oder die Peitsche zu spüren bekommen?«

»Oh ja, Daniel, das habe ich! Als junges Mädchen verbrachte ich zwei Jahre in einem Pensionat, dort gab es eine boshafte und grausame Erzieherin, die mich hasste. Immer wieder hat sie mich überaus brutal bestraft und immer zu unrecht! Ich musste ich mich nackt über den Prügelbock legen, wie die Huren in den Zuchthäusern und dann gab's Senge mit dem Ochsenziemer. Noch heute habe ich Narben davon!« Plötzlich liefen Tränen über ihr Gesicht und tropften auf mein Kopfkissen – die Erinnerung hatte sie überwältigt.

»Oh, Miss Marwood«, sagte ich und in einer spontanen Aufwallung umarmte ich sie, um sie zu trösten.

»Mein guter Daniel«, flüsterte sie und küsste mich zärtlich.

Sie hatte gar nicht gemerkt, dass ich sie nicht mit »Herrin« angeredet hatte, sonst wäre sie bestimmt wieder böse geworden.

Nach langem Schweigen setzte sie sich auf und es folgte das mir schon vertraute Stiefel-Ritual. Ich beherrschte das Auf- und Zuschnüren mittlerweile ganz gut – es machte mir sogar Spaß.

Schließlich erhob sie sich, wünschte mir eine gute Nacht, umarmte und küsste mich noch einmal und gab mir die beiden obligatorischen Poklatscher. Dann verließ sie das Zimmer. Als ich im Bett lag, fuhr ich noch einmal mit den Händen über meinen heißen und verquollenen Hintern. »Harriet Marwood, ich liebe dich immer noch!«, sagte ich laut, bevor ich einschlief. »Aber dich, meine süße Babsi, liebe ich auch!«

Am nächsten Tag kam Babsi nachmittags in mein Zimmer; wir hatten inzwischen die Erlaubnis von Miss Harriet, uns zu bestimmten Zeiten zu sehen, auch wusste inzwischen jeder im Hause, dass wir uns verloben wollten, sobald mein Vater eingewilligt hätte.

Babsi strahlte mich glücklich an, sie schien nicht sonderlich beeindruckt zu sein von der gewaltigen Abreibung, die sie – wie ich inzwischen wusste – tags zuvor von Harriet kassiert hatte.

»Erzähl!«, sagte ich. »Hast du Schläge mit dem Rohrstock bekommen?«

»Oh Daniel, ich musste mich nackt ausziehen und dann hat Miss Marwood mich übers Knie gelegt und mir den Hintern mit der Hand vollgeklatscht, dabei habe ich laut geschrien, weil sie so hart zugeschlagen hat. Anschließend musste ich mich über die Sessellehne legen und dann ging es mit dem Rohrstock los – ich sage dir – das war entsetzlich! Dieses Ding zieht bestialisch – fünfundzwanzig Hiebe sollte ich bekommen, die ich auch noch mitzählen musste – doch es wurden bestimmt fünfunddreißig oder vierzig, weil ich es einfach nicht geschafft habe, meine Hände unten zu lassen und immer wieder meinen Hintern gerieben habe. Auch beim Mitzählen habe ich wiederholt versagt, deshalb ging es einige Male von vorne los. Mein Hintern sieht aus wie ein rohes Hacksteak, ich musste letzte Nacht auf dem Bauch schlafen und heute Morgen im Stehen frühstücken – aber wie du siehst – ich lebe noch!«

Ich schloss sie in meine Arme und sagte: »Meine tapfere Babsi!«

»Daniel, ich bin so froh, dass nun alles vorbei und geklärt ist – auch für dich, denn du hast ja gestern Abend auch deine Senge bekommen. Ich möchte jetzt etwas wissen: Für mich als Mädchen war es ja schon schlimm, dass ich mir von Miss Marwood den nackten Hintern versohlen lassen musste – wie ist es für dich als Junge, wenn du dich vor einer Frau ausziehen musst, um dann von ihr vermöbelt zu werden?«

»Willst du das wirklich wissen?«

»Ja, Daniel, bitte sei ehrlich!«

»Es ist unerträglich! Als ich zum ersten Mal nackt vor Miss Marwood stand, habe ich vor Wut und Scham geheult. Und dann die Schläge! Es ist unglaublich demütigend, wenn sich ein stolzer junger Mann wie ein Hund fühlt, der geprügelt wird und jämmerlich jault.«

»Und trotzdem bist du verknallt in diese Frau.«

»Ja, Babsi, ich gebe es zu, aber das hat nichts mit uns zu tun. Durch Miss Marwood ist meine Liebe zu dir sogar noch stärker geworden, ich weiß, dass das sehr schwer zu verstehen ist.«

Wir schwiegen eine Weile, dann sagte ich: »Zieh dich aus und knie dich aufs Bett, ich möchte dein Hinterteil mit einer Salbe behandeln, die Miss Marwood mir hier gelassen hat, sie wirkt Wunder: In kurzer Zeit klingen die Schwellungen ab.«

Babsi gehorchte und reckte ihren hübschen Mädchenpo heraus, der kreuz und quer mit wulstigen Doppellinien – den typischen Rohrstockstriemen – überzogen war. Langsam und mit sanftem Druck massierte ich die Salbe ein.

Als ich Babsi so vor mir knien sah, hätte ich sie am liebsten spontan von hinten genommen, doch ich beherrschte mich – auch blieb uns keine Zeit mehr.

Babsi zog sich wieder an und nach einem langen und leidenschaftlichen Kuss verließ sie mein Zimmer, um an ihre Arbeit zu gehen.

Kurz nach meinem achtzehnten Geburtstag heirateten wir und gründeten einen eigenen Hausstand, wobei uns mein Vater großzügig unterstützte.

Ellen verliebte sich in einen Musiker; wenige Monate später verlobten sich die beiden. Einige Zeit danach heiratete Harriet einen Rechtsanwalt und gab ihre Stellung als Gouvernante auf.

Auch mein Vater hat noch einmal geheiratet, und zwar eine fünfundzwanzig Jahre jüngere Frau, die er während seines Aufenthaltes in Italien kennengelernt hatte.

Babsi und ich sind mittlerweile ein gestandenes Ehepaar. Wir denken oft an die Zeit mit Harriet zurück. Immer noch gerate ich ins Schwärmen, wenn ich von ihr erzähle – jedes Mal ernte ich dann einen grimmigen Blick von meiner Frau – und meistens sagt sie dann: »Es ist schade, dass du nicht mehr unter der Fuchtel von Miss Marwood stehst, denn eigentlich hättest du jetzt wieder einmal eine ordentliche Tracht Prügel verdient!«

Ganz sicher werden wir Miss Marwood immer in lebhafter Erinnerung behalten.

Konsequenz und Strenge

Viele meiner Kontakte sind über den SM-Club »Deep Devotion« zustande gekommen. Dieser Club veröffentlicht monatlich ein Info-Magazin, darin können Clubmitglieder kostenlos inserieren. Beim Durchblättern eines Heftes stieß ich auf eine Anzeige, die mein Interesse erweckte:

Ich bin Anwaltsgehilfin und suche eine neue Tätigkeit. Mein Steckbrief: 22 Jahre alt, 1,65 m groß, schlank, sympathisch, anpassungsfähig und – wie ich oft gesagt bekomme – auch recht hübsch. Ich biete: Fleiß und Fügsamkeit. Ich wünsche mir: Konsequenz und Strenge von meinem neuen Chef (und Herrn).

Irgendetwas an dieser Anzeige erregte meine Neugier, ich wusste zunächst nicht, was es war. War es die für ein 22-jähriges Mädchen etwas konservative Ausdrucksweise? Formulierungen wie »anpassungsfähig« oder »recht hübsch«? Nein, es waren »Fügsamkeit, Konsequenz und Strenge«. Das ließ auf eine masochistische Neigung schließen, nicht ohne Grund stand die Anzeige ja auch im Info-Magazin eines SM-Clubs. Neugierig, wie ich bin, rief ich die Inserentin an und bat sie um ein Gespräch. Ich war höchst erstaunt, als ich feststellte, dass ich sie kannte: Es war Jenny, die Hauptperson im 4. Kapitel meines Buches »Gehorsam und Demut«. Jenny wurde als 19-Jährige entführt, nach Mauretanien verschleppt und dort zur Lustsklavin abgerichtet. Sie konnte fliehen und in ihre Heimat zurückkehren. Ich hatte sie allerdings nie persönlich getroffen; ich kannte sie lediglich aus dem schriftlichen Bericht, den ich von ihr erhalten hatte.

Bereits am nächsten Tag trafen wir uns im Eiscafé Palatini, wo ich sie zum ersten Mal leibhaftig vor mir hatte. Jenny ist eine ausgesprochen hübsche Frau mit sehr guter Figur, sie hat naturblonde Haare und schöne braune Augen; auch ihr Mund mit den vollen, sinnlichen Lippen unterstreicht ihre Attraktivität. Die mädchenhaft helle, lebhafte Stimme verrät ihren Lebenshunger und auch ihr Temperament.

Natürlich hatte sie viel mehr zu erzählen als ich. In meinem Job als Krankenschwester läuft vieles stereotyp und in gewohnter Routine ab. Jenny sprudelte auch gleich ganz unbefangen drauflos und ich ließ sie reden, ohne sie zu unterbrechen. Sie ließ mich wissen, dass sie ihr Jura-Studium nicht fortgesetzt, sondern sich zur Anwaltsfachangestellten habe ausbilden lassen. Sie sprach natürlich auch von ihrer Zeit in Mauretanien, überdies von ihrem Freund und einem Erlebnis mit ihm, das für sie von großer Bedeutung war. Sie erzählte mir:

»Mein Freund und ich gingen einmal im Wald spazieren, es war ein heißer Sommertag. Ich trug kurze Pants, darunter einen String und ein ärmelloses Top. Was uns nervte, war eine Stechfliege, die mich ständig umkreiste, sie hatte es auf mich abgesehen. Es war so eine Bremse, kennst du ja sicher, wenn so ein Biest mich sticht, bekomme ich an der Stelle eine riesige Beule. Mein Freund meinte, ich solle stehen bleiben, er wollte warten, bis die Bremse auf mir landet, damit er sie kaputt schlagen konnte. Sie tat uns den Gefallen und setzte sich auf meine rechte Pobacke. Mein Freund schlug dann mit der flachen Hand zu, und zwar mit solcher Wucht, dass ich einen schrillen Schrei ausstieß. Er hat die Bremse auch erwischt, aber er hätte nicht so fest hauen müssen, um ihr den Garaus zu machen. Wir gingen dann weiter, ich spürte das Brennen auf dem Hintern – tja und noch etwas, so ein gewisses Spannungsgefühl, es fühlte sich schön an, so ein Kribbeln, es zog sich vom Unterleib über den Po und an den Beinen hinunter. Später zu Hause habe ich dann meinen Po im Spiegel betrachtet und die Hand meines Freundes mit den vier Fingern und dem Daumen war deutlich darauf zu sehen. Das hat mich dann noch mal erregt. Ich fand es direkt schade, dass das Mal der Hand von Tag zu Tag mehr und mehr verblasste und dann schließlich ganz verschwunden war. Mein Po war wieder völlig makellos, das sah irgendwie trostlos aus.«

»Na, na, na, na, Jenny«, wies ich sie zurecht, »dein Po sieht absolut nicht trostlos aus, der bringt Männer gewaltig in Stimmung, und das weißt du auch ganz genau!«

»Danke, Vanessa, du gestattest mir wohl, dass ich dieses Kompliment zurückgebe.«

Ich konnte ein Lächeln nicht unterdrücken, weil ich wieder einmal feststellen konnte, wie blitzschnell Frauen sich gegenseitig visuell abchecken, sie tun das viel kritischer und unbarmherziger als Männer. Sofort können sie in den meisten Fällen auch die Wirkung einer Frau aufs andere Geschlecht einschätzen.

»Weißt du, Vanessa, dieses Lustgefühl nach dem kräftigen Poklatscher von meinem Freund, das kannte ich bereits. Zum ersten Mal bewusst erlebt habe ich es in Mauretanien. Dort musste ich einem älteren Herrn als Haus- und Lustsklavin zur Verfügung stehen. Ich musste seine Wohnung putzen, ihn bewirten und vor ihm tanzen. Danach hat er mich übers Knie gelegt und mir den nackten Hintern versohlt. Das hat mich so aufgeregt, dass ich fast unter den Schlägen zum Orgasmus gekommen wäre. Ich habe das damals verschwiegen, aber jetzt kann ich es dir ja sagen. Und seitdem möchte ich es wieder erleben, ich träume oft davon. Das sind Träume, in denen ich gezüchtigt und sogar vergewaltigt werde. Ich war deswegen schon bei einem Psychologen. Nach dem, was ich in Mauretanien mitmachen und mit ansehen musste, nach solchen Erlebnissen dürfte ich doch so was nicht träumen, höchstens als Albtraum, oder? Aber es sind keine Albträume, es sind Lustträume! Auf gut Deutsch: Ich bin dann geil! Und das ist doch nicht normal, oder? Wahrscheinlich bist du auch jetzt total schockiert.«

Ich musste lachen und antwortete ihr: »Nein, Jenny, ich bin nicht schockiert. Aber sei froh, dass du das, was du in Mauretanien erlebt hast, mit Hilfe der Therapie so gut verarbeitet hast. Du musst eine äußerst stabile Psyche haben! Andere hätten durch Derartiges einen seelischen Knacks auf Lebenszeit. Also, was du da beschreibst, diese Träume, diese Gelüste, die teilst du mit Millionen von Menschen, Männern und Frauen. Und auch mit mir. Du bist eine Flagellantin!«

»Das hat der Psychologe auch gesagt.«

»Wie bist du denn überhaupt an den Club geraten?«

»Ich bin ganz mutig in einen Sex-Shop gegangen und habe mir so ein Magazin gekauft. Darin stand eine Anzeige von dem Club. Ich wusste auch bereits, dass die Klientel solcher Clubs zum großen Teil aus Lehrern, Ärzten und Juristen besteht. Ich glaubte deshalb, dort jemanden zu finden, der mein neuer Chef und zugleich mein Herr und Meister sein könnte. Der mich zu seiner Sklavin macht, der mich erzieht und bestraft. Deshalb die Anzeige.«

»Was sagt dein Freund eigentlich dazu?«

»Wir haben uns getrennt. Er bringt nicht das geringste Verständnis auf für meine Gelüste, wie du eben so schön gesagt hast. Es war schwer, ich bin in ein tiefes Loch gefallen und jetzt fühle ich mich verdammt einsam! Erst nach der Trennung habe ich die Anzeige aufgegeben.«

»Und wie war die Resonanz darauf?«

»Bisher ziemlich enttäuschend. Es haben sich einige Herren gemeldet, aber was die mit mir anstellen wollten, fand ich zu extrem. Einer teilte mir mit, er besäße eine mittelalterliche Folterkammer, er wollte mich brandmarken, auf die Streckbank spannen und dann in einen eisernen Käfig sperren. Er sagte, alle Frauen seien Hexen.«

»Sei vorsichtig, Jenny! Ich muss dich warnen. In der SM-Szene tummeln sich auch einige Spinner und Psychopathen. Dabei spielt es keine Rolle, welchen Beruf sie ausüben oder wie reich sie sind. Die wirken äußerlich total normal. Also triff bitte keine übereilten Entscheidungen! Von wegen Job kündigen oder irgendwelche anderen Verträge unterschreiben. Wenn du dich mit deinem Chef gut verstehst und mit deinem Gehalt zufrieden bist, dann ist das etwas sehr Wertvolles, das du nicht einfach wegwerfen darfst. Es ist schwer, Berufliches und Privates unter einen Hut zu bekommen, besonders in diesem Bereich. Sieh dich lieber nach einem Partner um, mit dem du deine speziellen Vorlieben ausleben kannst. Der muss nicht zugleich dein Chef sein. Und es müsste doch mit dem Teufel zugehen, wenn du niemanden finden würdest, so wie du aussiehst und mit deiner Figur. Weißt du, ich denke an jemanden, mit dem du eine stabile Beziehung aufbauen kannst, den du lieben kannst und der dich auch liebt.«

Jenny tat einen tiefen Seufzer und wollte dann wissen: »Wie lebst du deine Neigung denn aus?«

»Ich bin verheiratet, schon seit vielen Jahren. Sebastian, mein Mann, und ich veranstalten Rollenspiele, darin bin ich fast immer die Passive. Aber ich arbeite im Club auch manchmal als Domina, nebenberuflich.«

»Ach, tatsächlich?«

»Ja. Im Club gibt es ein Studio, da trete ich hin und wieder als Gast-Herrin auf. Aber was dich betrifft, du solltest deine Neigung ebenfalls ausleben und nicht nur davon träumen!«

»Furchtbar gerne, aber wie?«

Wir schwiegen eine Weile, dann kam mir eine spontane Idee: »Mein Chef besitzt ein Ferienhaus auf Sylt, hundert Meter vom Strand entfernt, mit Blick auf das Meer. Das darf ich kostenlos nutzen, wenn es nicht vermietet ist. Das ist, soviel ich weiß, zurzeit nicht der Fall. Ich war schon einige Male da, alleine und auch mit Sebastian – es ist wunderschön. Wie wäre es, wenn wir beide eine Woche dort verbringen würden? Das sieht dann allerdings so aus, dass du während dieser Zeit meinem Regiment unterstehst. Und ich bin deine Herrin. Du wirst dann das erfahren, was du so heiß ersehnst: Konsequenz und Strenge.«

»Aber gerne, Vanessa, mein Gott, das wäre ja herrlich!«

»Weißt du, Jenny, so was wünsche ich mir nämlich schon lange, dann könnte ich mich mal so richtig austoben, das kann ich nämlich nur mit einer Frau. Es wäre mir ein reines Vergnügen, dich übers Knie zu legen und dir deinen Prachtpopo zu versohlen!«

»Oh ja, Vanessa!«

»Ich werde dich ein bisschen nacherziehen, auch abhärten, damit du lernst, eine ordentliche Tracht Prügel wegzustecken. Und ich mag keine Halbheiten und Spielereien, du hast Strafstunden zu erwarten und du wirst Striemen auf dem Hintern haben. Ich verlange absoluten Gehorsam von dir. Und du wirst lernen, zu gehorchen!«

»Das habe ich in Mauretanien auch oft gesagt bekommen.«

»Weiß ich, Jenny. Aber es gibt einen gewaltigen Unterschied: Es geschieht diesmal, weil du es willst und nicht, weil du gezwungen wirst. Es ist ein Spiel, ein Rollenspiel, das uns gewaltigen Spaß machen wird.«

»Ja, ja, ja, Vanessa!«

»Und wichtig dabei ist, dass ich nicht lesbisch bin, auch nicht bisexuell, genauso wenig wie du. Nur deshalb kann so etwas funktionieren, verstehst du das?«

»Nein.«

»Im anderen Fall könnten Gefühle ins Spiel kommen, ich meine zum Beispiel sexuelle Hörigkeit, Eifersucht, Besitzansprüche und was sonst noch, wir wären nicht locker. Uns das würde uns einen Strich durch die Rechnung machen. Voraussetzung ist allerdings, dass wir uns vertrauen und uns auch mögen. Und ich vertraue dir, Jenny, uneingeschränkt, außerdem mag ich dich sehr gerne.«

»Oh Vanessa, ich danke dir! Und ich sage dir, dass ich das in vollem Umfang erwidere.«

»Du weißt«, fügte ich hinzu, »dass ich ein paar Jährchen älter bin als du, ich könnte deine Mutter sein.«

»Das finde ich gerade gut! Sag mir aber bitte … dein Mann … hat er nichts dagegen, wenn du dich eine Woche lang an mir ›austobst‹? Dieses Wort hast du vorhin benutzt. Wobei mir durchaus klar ist, was du damit meinst.«

»Sebastian lässt mir alle Freiheiten, solange ich nicht hinter seinem Rücken mit einem anderen Mann schlafe. Das habe ich noch nie getan und das werde ich auch nicht tun. Das gilt auch umgekehrt und darauf verlasse ich mich voll und ganz.«

»Beneidenswert, Vanessa!«

»Ja. Also, Jenny, sprich mit deinem Chef und kläre, wann du eine Woche Urlaub bekommen kannst. Ruf mich dann sofort an und ich versuche, in dieser Zeit auch freizubekommen.«

»Mache ich.«

Als wir das Café verlassen hatten, zog ich Jenny an mich und schloss sie in meine Arme. Sie presste ihre Wange an die meine, tat einen tiefen Seufzer und sagte dann: »Das ist schön, das tut einem einsamen Mädchen richtig gut!«

»Du bist jetzt nicht mehr einsam, Jenny!«, erwiderte ich darauf.

***

Bereits 14 Tage später konnte die ›Erziehungswoche‹ auf Sylt beginnen; in der vorherigen Zeit hielt ich den Kontakt zu Jenny. Wir machten Spaziergänge, gingen zusammen einkaufen und sahen uns im Kino den Film »50 Shades of Grey« an, den wir allerdings langweilig und enttäuschend fanden, die Story ist an den Haaren herbeigezogen. Ich habe selten in einem Film so schlechte und unbegabte Schauspieler gesehen – es war rausgeworfenes Geld.

Jenny lernte dann bei einem gemeinsamen Essen auch meinen Mann kennen, beide waren sehr beeindruckt voneinander und der Abend endete für uns alle in der Gewissheit, dass ein weiterer vielversprechender Kontakt für Jenny entstanden war. Sie wirkte während dieser Zeit ein wenig orientierungslos auf mich, was nicht verwunderlich war, dann sie hatte die Trennung von ihrem Freund noch nicht verarbeitet. Zudem sah sie sich nach wie vor mit ihren Träumen und Fantasien konfrontiert. Ich sah es als meine Pflicht an, mich um sie zu kümmern und ihr seelischen Halt zu geben; mein Krankenschwester-Helfer-Syndrom konnte sich bei ihr voll entfalten. Es entstand eine Art Mutter-Tochter-Beziehung zwischen uns, was uns beiden gut gefiel. Und natürlich freuten wir uns auf unsere gemeinsame Ferienwoche.

***

Die Reise nach Sylt verlief problemlos, wir kamen am Sonntagnachmittag an und das Ferienhaus gefiel Jenny auf Anhieb sehr gut. Es ist nicht allzu groß, aber in gut gewartetem Zustand und eignet sich für Ferienaufenthalte von bis zu sechsköpfigen Familien. Im Keller gibt es eine Sauna und einen Fitnessraum, im Obergeschoss befinden sich vier Gästezimmer nebst Toilette und Duschbad.

Ich zeigte Jenny ihr Zimmer und nachdem wir unsere Sachen ausgepackt und verstaut hatten, aßen wir in einem Fischrestaurant zu Abend. An den folgenden Tagen versorgten wir uns selber; im Keller gab es eine Tiefkühltruhe mit Delikatessen, unter anderem Seezunge, Aal und Langusten, daran durften wir uns nach Herzenslust bedienen. Der Abend klang dann im Wohnzimmer des Ferienhauses aus, wir unterhielten uns bei friesischem Tee und Gebäck noch bis nach Mitternacht.

Am Montagabend geschah dann erstmalig das, worauf wir ja beide schon ungeduldig gewartet hatten. Als Jenny befehlsgemäß um sieben Uhr abends das Wohnzimmer betrat, saß ich, bekleidet mit Leggins, ärmellosem Top und Ballettschuhen, auf dem Sofa.

»Du kannst dir ja sicher denken, was jetzt kommt, nicht wahr?«, sagte ich in heiterem Plauderton.

»Ja, Vanessa.«

»Also, zieh dich aus!«

Jenny gehorchte nach einem tiefen Seufzer, sie zog Schuhe und Söckchen aus, dann pellte sie sich aus ihrer Jeans, hierauf folgten Pulli und

Slip, die Sachen warf sie in einen Sessel. Nachdem ich auf den vorderen Teil der Sitzfläche des Sofas gerutscht war, legte sie sich ohne weitere Aufforderung über meine Oberschenkel und stützte sich mit Händen und Zehen am Boden ab.

Ich genoss zunächst den Anblick, der sich mir nun bot, und gut fünf Minuten lang streichelte, tätschelte und zwickte ich dann – zur Einstimmung – Jennys herrlichen Hintern. Dann aber ließ ich meine Hand kräftig niedersausen, wieder und wieder – im Sekundentakt.

Klatsch, klatsch, klatsch, klatsch – links, rechts, links, rechts – Jennys Pobacken erbebten und schaukelten nach jedem Hieb, verspannten sich kurz und lockerten sich dann wieder, was ungemein reizvoll aussah. Dass meine ›Handschrift‹ nicht von schlechten Eltern ist, habe ich bereits einige Male erfahren können. Und Jenny zeigte sich durchaus beeindruckt, sie beantwortete jeden Schlag mit einem schrillen »Au!«.

Ein Flag-Ritual ist ein Fest für die Sinne, auch für die Ohren, was für mich als Geräusch-Fetischistin besonders wichtig ist. Ich liebe das Aufklatschen der flachen Hand auf dem nackten Hintern, das Pfeifen der Peitsche und Zischen einer Rute, das Surren des Lederriemens und Fauchen eines Teppichklopfers. Jedes dieser Instrumente hat einen eigenen Sound, man könnte auch von ›moralischer Wirkung‹ sprechen. Und was natürlich dazu gehört – die Reaktion des ›Delinquenten‹: Winseln und Jaulen bis hin zum hemmungslosen Schmerzgebrüll und Betteln um Gnade.

Jeweils nach etwa zwanzig Schlägen gönnte ich uns eine Pause, damit wir tief durchatmen konnten – bei Jenny war das ein wiederholtes, lustvolles Aufstöhnen. Dann ging's weiter – kräftiger und auch schneller als zuvor. Jenny reagierte auf die Hiebe nun mit lauten Seufzern, die schmerz- und wonnevoll zugleich klangen. Mit Genugtuung stellte ich fest, dass sie sich immer mehr erregte: Der heiß gedroschene Hintern, das Brennen auf der Haut, das Vibrieren des Unterleibes unter dem permanenten Schläge-Hagel trieben sie immer weiter in die Spanking-Ekstase hinein und schließlich geschah das, was sie wohl ebenfalls herbeigesehnt hatte: Sie kam – begleitet von hemmungs-

losem Stöhnen und Konvulsionen des ganzen Körpers – zum Höhepunkt. Ich streichelte beruhigend ihren Po und schob behutsam zwei
Finger in ihre heiße, feuchte Vagina; ich wollte die Spasmen des
Beckenbodens spüren und mit ihr auskosten. Erst als ihr Atem sich
völlig beruhigt hatte, gab ich sie frei und ließ sie aufstehen. Auf etwas
wackligen Beinen stand sie dann – die Hände auf ihre Pobacken
gepresst – vor mir.

»Oh Vanessa, was hast du nur mit mir …«

»Nein, sei still, Jenny!«, unterbrach ich sie und zog sie auf meinen
Schoß. Sie presste ihre Wange, die fast ebenso heiß war wie ihr Po, an
die meine, und wir genossen den süßen Nachklang unseres ersten
flagellantischen Erlebnisses.

Nach einer Weile sagte Jenny: »Vanessa … ich spüre, dass du erregt
bist! Komm, zieh dich aus, lass mich dich ein bisschen verwöhnen, ja?
In deinem Bett. Bitte, Vanessa!«

Ich tat, was sie verlangte, wir legten uns ins Bett, umarmten und küss-
ten uns und schmiegten unsere nackten Körper aneinander. Dann
begann Jenny, mich mit den Händen, dem Mund und mit der Zunge
zu stimulieren. Sie tat das so gefühlvoll und gekonnt, dass ich schließlich einen wunderschönen, lustvollen Höhepunkt genießen konnte.

Nachdem wir eine Weile schweigend beieinandergelegen hatten,
wollte ich wissen: »Sag mal, Jenny … was du eben mit mir gemacht
hast – wer hat dir das beigebracht?«

»Niemand hat mir das beigebracht, ich brauchte nur meinem Gefühl
zu folgen.«

»Sehr gut, Jenny, schöner kann man das nicht sagen!«

»Ich hätte nie gedacht, dass es mit einer Frau so sein kann«, sagte
Jenny dann, »bin ich nicht vielleicht doch lesbisch?«

»Ich habe dir doch gesagt, dass ich das nicht glaube, Jenny. Was nicht
heißt, dass ich etwas gegen Homosexuelle habe. Aber wir zivilisierte
Menschen haben Barrieren im Kopf, mit denen wir uns oft selbst im

Wege sind. Könnten wir sie überwinden, hätten wir viel mehr Freude am Leben. Und man kann sich davon befreien, wenn man das wirklich will. Denk doch mal an die Zeit zurück, als du noch ganz jung warst, so zwischen dreizehn und sechzehn. Da hast du doch sicher ab und zu mit einer Freundin herumgespielt. Ihr wart neugierig und wolltet eure Körper kennenlernen, die neuen Gefühle, die sich in diesem Alter einstellen. Jungs tun das auch, wenn sie in die Pubertät kommen, das ist ganz normal. Und was wir heute Abend gemacht haben, war ein kleiner Rückfall in diese Phase, so kannst du das sehen.«

»Ich habe früher nicht mit Mädchen herumgespielt, Vanessa, also jedenfalls nicht in dieser Weise.«

»Dann holst du es eben jetzt nach.«

»Erzählst du mir mal was von deiner Tätigkeit als Domina?«, fragte Jenny nach einer Weile. »Was machst du da so und wo machst du das?«

»Wie gesagt«, antwortete ich ihr, »im Club gibt es ein Studio mit entsprechendem Equipment, also Strafbock, Pranger, Streckbank, Andreaskreuz, Schaukel, und, und, und. Und dort mache ich das alle paar Monate mal.«

»Und dein Mann weiß das?«

»Klar. Ich würde das niemals hinter seinem Rücken tun.«

»Was genau tust du?«

»Es gibt zum Beispiel ein ›Schulzimmer‹ und ich trete als englische Gouvernante auf. Ich trage dann einen langen Rock, eine altmodische, hochgeschlossene Bluse und meine Haare sind hochgesteckt. Das war die typische Kluft einer Gouvernante im viktorianischen Zeitalter. Und ich habe eine Zofe, sie heißt Emma. Sie assistiert mir und steht den Gästen auch passiv zur Verfügung.«

»Was heißt das?«

»Sie lässt sich auspeitschen, unter meiner Kontrolle und sie erbringt sexuelle Dienstleistungen, auch Verkehr. Das kostet natürlich extra. Jedenfalls, eine typische Session sieht so aus, dass zwei Schüler, Stammkunden von mir, auf der Schulbank sitzen, ein Junge und ein Mädchen. Der Junge ist ein Geistlicher in den Sechzigern, er ist Erzieher in einem Internat. Früher gab es dort die Prügelstrafe, daran denkt er wehmütig zurück und er möchte nun gerne selbst Zögling sein und bestraft werden. Rohrstockhiebe auf den nackten Hintern. Und die bekommt er von mir.«

»Und das Mädchen?«

»Das Mädchen ist gar kein Mädchen, es ist ein Mann Mitte vierzig, ein Transvestit. Er ist Arzt, Neurologe. Er hat während der Schulstunde einen karierten Schulmädchenrock an, weiße Kniestrümpfe, Mädchenhalbschuhe mit Schnallen und eine weiße Bluse. Dazu eine blonde Perücke mit Zöpfen. Und unter dem Rock trägt er ein weißes, seidenes Höschen. Nach der Schulstunde wird er für seine Faulheit bestraft, er wird mit dem Kopf nach unten aufgehängt, seine Beine werden mit einer Stange zwischen den Füßen zwangsweise gespreizt und seine Hände sind auf dem Rücken gefesselt. Das Höschen muss er vorher ausziehen, die anderen Sachen behält er an. Und dann bezieht er Schläge auf seine edelsten Teile, mit einer Pussy-Peitsche.«

»Was ist denn das?«

»Das ist eine kleine Massagepeitsche, damit peitscht man die Pospalte, die Muschi oder bei Männern die Hoden und den Penis.«

»Das muss doch grauenhaft wehtun!«

»Es kommt drauf an, wie fest man haut. Na ja, und wenn mein Schulmädchen dann bestraft worden ist, muss Emma ihn zum Höhepunkt bringen, mit der Hand oder mit dem Mund.«

»Sie bläst ihm einen?«

»Ich drücke das nicht gerne so aus, aber ja, das macht sie, sie schluckt ihn auch ab. Na ja, jedenfalls, was mich betrifft, ich mache nur das, was ich möchte, ich will nämlich auch meinen Spaß haben, genau wie die Kunden, verstehst du?«

»Klar.«

»Und alles, was zu sehr ins Extreme geht, lehne ich ab.«

»Was ist denn extrem für dich?«

»Echte Verletzungen, glühendes Eisen, Elektroschocks, Strappado, also Streckfolter, Strangulation, Wasserfolter, und, und, und.«

»Was ist das – Wasserfolter?«

»Du wirst auf die Streckbank gespannt und bekommst die Nasenlöcher mit heißem Wachs verschlossen, dann einen Trichter in den Mund und da wird Wasser reingekippt, literweise. Solange Wasser im Mund steht, kannst du nicht atmen, also musst du es schlucken und versuchen, danach Luft zu bekommen. Ab und zu wird dir eine Pause gegönnt, damit du durchatmen kannst und auch Gelegenheit bekommst, ein Geständnis abzulegen. Du bist nämlich eine Hexe, aber du willst das nicht zugeben. Wenn du nicht gestehst, musst du weiter Wasser schlucken. Diese Folter ist lebensgefährlich, denn es kann leicht Wasser in deine Lunge kommen und dann erstickst du.«

»Hör auf, das ist ja grauenhaft!«

»Ja, ich höre auch jetzt auf, ich will nicht, dass du diese Nacht schlecht träumst.«

»Nein, hör nicht auf! Ich möchte noch mehr wissen. Vielleicht habe ich ja eines Tages Lust, dir mal als Zofe zu assistieren. Was sind das für Leute, die zu einer Domina gehen? Das waren jetzt erst zwei, von denen du erzählt hast.«

»Also gut, Jenny. Man kann die Kunden in vier Grundtypen einteilen, also, genauer gesagt, ich tue das, es ist natürlich sehr subjektiv und resultiert nur aus den Erfahrungen, die ich gemacht habe.«

»Was für Grundtypen sind das?«

»Es sind der Bengel, der Sklave, der Sünder und der Schauspieler. Der Bengel möchte ein ungezogener Junge sein, der bestraft werden muss. Er sieht die Domina als mütterliche Autoritätsperson, die ihn hart rannimmt, ihm dann aber sein Fehlverhalten gnädig verzeiht und ihm Streicheleinheiten und sexuelle Befriedigung gewährt. Unbewusste Inzestwünsche spielen auch da hinein. Nach der Session im Domina-Studio geht es ihm gut, er ist euphorisiert, er fühlt sich befreit und wie neu geboren.«

»Und der Sklave?«

»Der möchte eben ein wirklicher Sklave sein und einer schönen, starken und selbstbewussten Frau dienen und huldigen. Es geht ihm nicht nur um körperliche Schmerzen, sondern auch um psychische Erniedrigung. Ich spreche barsch und herrisch mit ihm, ich erteile Befehle, ich beschimpfe und beleidige ihn und verpasse ihm Ohrfeigen und Fußtritte. Schon alleine bestimmte Worte oder Schlüsselsätze wirken auf ihn stark sexuell stimulierend, etwa: ‚Du gehörst mir! Auf die Knie! Wirst du wohl gehorchen? Leck meine Stiefel! Ich bin deine Herrin! Sag laut und deutlich: Ich bin ein Dreckstück, eine perverse Sklavensau!‘ Ein solcher Sklave sieht in mir eine Göttin, er betet mich förmlich an. Nicht selten möchte er eine Dauerbeziehung mit mir aufbauen und mir auch privat als Haussklave dienen. Es kommt dann zur Hörigkeit, zu einer seelischen und körperlichen Abhängigkeit. Ich habe leichtes Spiel mit ihm, ich könnte ihn für meine Zwecke einspannen und auch finanziell ausbeuten. Was gibt es noch? – ach ja, den Schauspieler. Der steht auf Rollenspiele, er spielt einen Zögling, Sträfling, Dieb oder sonst was. Und auch mein schauspielerisches Können ist gefragt: Ich bin Lehrerin, Ärztin, Gouvernante, Chefin, Polizistin und anderes mehr. Zu diesem Typ gehören auch die, die als Pferd oder Hund dressiert werden möchten und auch die beiden

›Schüler‹, die ich dir vorhin beschrieben habe. Die Schauspieler finde ich übrigens am interessantesten, es sind meistens kreative, fantasievolle Menschen, sie sind gebildet, eloquent und auch humorvoll, es macht mir immer wieder Spaß, mit ihnen zu spielen.«

»Und der Sünder?«

»Der hat echte Schuldgefühle. Er hat tatsächlich irgendeinen Mist verzapft und will dafür büßen. Was die weiblichen Gäste betrifft, die ich auch diesem Typ zurechne, so sind es oft übergewichtige Frauen; sie haben eine Diät begonnen, diese nicht durchgehalten und wollten dafür bestraft werden. Oder es sind Alkohol- oder Nikotinabhängige, die alleine einen Entzug versucht haben und rückfällig geworden sind. Tja, und die bekommen von mir das, was sie wollen und wohl auch brauchen: Senge. Sie glauben an die Wirksamkeit einer solchen Maßnahme, also lasse ich sie das glauben. Der Glaube kann ja bekanntlich Berge versetzen. Ich rate ihnen aber auch meistens, einen klinischen Entzug zu machen und sich einer Selbsthilfegruppe anzuschließen. Daran kannst du sehen, dass eine Domina manchmal auch Psychotherapeutin sein muss. Einmal bin ich allerdings übers Ziel hinausgeschossen, als ich einen jungen Burschen ganz furchtbar hart gezüchtigt habe. Es war ein Altenpfleger, zwanzig Jahre alt, er hatte einer an Demenz erkrankten Dame Geld gestohlen. Es plagten ihn deshalb heftigste Schuldgefühle. Zudem litt er unter der ständig wiederkehrenden Fantasie, er würde dafür angezeigt, verhaftet und auf der Polizeiwache unter der Folter scharf verhört, was ja in gewissen Ländern heute immer noch üblich ist. Und diese Zwangsvorstellung verfolgte ihn auch nachts im Traum – er wachte dann laut schreiend auf. Er hielt es zu guter Letzt nicht mehr aus und meldete sich im Club in der Hoffnung, dass der Vollzug einer Körperstrafe ihn von seiner Schuld befreien würde. So geriet er an mich, tja, und dann stand er schließlich wie ein Häufchen Elend vor mir. Ich hatte mir für die Session mit ihm aus dem Kostümfundus des Clubs eine passende Polizeiuniform mit Schirmmütze ausgesucht und angezogen. Beim Verhör erzählte er mir, dass er sich leichtsinnig verschuldet habe und deshalb zum Dieb geworden sei. Erstaunlicherweise fand ich ihn gar nicht mal unsympathisch, ich gewann den Eindruck, dass es sich bei ihm um eine einmalige Entgleisung gehandelt hatte, er hätte sonst keine derartigen Gewissensbisse haben können. Ich spürte seine ehrliche Reue und nahm ihm das Versprechen ab, das Geld zurückzuzahlen. Dessen ungeachtet war ich ernsthaft böse wegen seiner hinterhältigen Tat, deshalb bestrafte ich ihn wirklich sehr hart: Er musste sich nackt ausziehen, dann verpasste ich ihm Handschellen, schloss ihn an eine herabhängende Kette und kurbelte ihn so hoch, dass er sich gerade noch mit den Zehen am Boden abstützen konnte. Schlimm war, dass ich den Kerl auch noch körperlich attraktiv fand, was mich aber nur noch umso wütender machte. Ich habe ihm dann fünfzig Peitschenhiebe über den nackten Rücken gezogen. Meine Wut hat mich dabei mächtig angefeuert, ich höre jetzt noch das Pfeifen der Peitsche und sein Gebrüll. Ich fasse es bis heute nicht, dass ich fähig war, den Burschen so gnadenlos durchzuprügeln. Aber ich bin fest davon überzeugt, dass er die Lektion niemals vergessen wird. Aber dieser Ausraster ist nur einmal vorgekommen, so was wird mir nie wieder passieren!«

Nach einer Pause erzählte ich Jenny dann: »Einmal hatte ich eine unbändige Lust, selbst Dresche zu beziehen, ich wollte mich mal von einem fremden Mann schlagen lassen, normalerweise darf das nur Sebastian. Der Mann war schnell gefunden, er bekam die Anweisung, mir fünfundzwanzig Hiebe auf den nackten Arsch zu verpassen.«

»Mit der Peitsche?«

»Ja, mit einer geflochtenen Lederpeitsche. Der Kerl schlug mit voller Kraft, er verlor total die Kontrolle, aber ich war zu stolz, das vereinbarte Safe-Wort auszurufen, er hätte dann sofort aufhören müssen. Dieser Mann ist ein Psychopath, jemand, der mit Frauen nicht klarkommt und seinen Frust darüber an nackten Weiberärschen abreagieren will. Und dafür zahlt er viel Geld. Und ich blöde Ziege habe dabei mitgespielt! Aber auch das ist nur ein einziges Mal passiert, es wird auch das einzige Mal bleiben. So, Jenny, jetzt ist aber wirklich Schluss, jetzt wird geschlafen! Du bleibst hier in meinem Bett, nackt, wie du bist! Vorher werden aber noch die Zähne geputzt.«

»Zu Befehl, Frau General!«

***

Die nächsten Tage verliefen harmonisch und erholsam, wir unternahmen Ausflüge, Radtouren, ausgedehnte Spaziergänge und erfreuten uns an delikaten und opulenten Mahlzeiten. Allerdings hatte ich mir eine böse Schikane ausgedacht, um ein bisschen Psychoterror mit Jenny zu veranstalten: Am Abend ließ ich sie nach dem Essen eine Stunde lang in ihrem Zimmer warten, bis ich sie um acht dann ins Wohnzimmer rief. Sie wusste bis dahin nicht, ob es eine Plauderstunde vor dem Kaminfeuer geben würde, oder ob wieder eine Züchtigung anstand, von der sie nicht wusste, wie und wie heftig sich diese gestalten sollte. Dass ich eine sadistische Ader habe, streite ich gar nicht ab, es ist bei mir auch unschwer zu erkennen.

Am Mittwoch war es dann wieder so weit. Als Jenny das Wohnzimmer betrat, saß ich – wieder in Leggins und ärmellosem Top – auf dem Sofa und auf meinen Schoß lag eine eng gebundene Rute. Diese hatte ich schon tags zuvor aus Birkenzweigen, die in der Sauna im Keller reichlich vorhanden waren, angefertigt. Eine Rute ist ein durchaus wirkungsvolles Zuchtinstrument, sie kam in Klöstern und Mädcheninternaten häufig zum Einsatz. Schülerinnen und Novizinnen hatten gewaltigen Respekt davor, darüber konnte auch die verniedlichende Bezeichnung »Birkene Liese« nicht hinwegtäuschen. Gegenwärtig hat eine Rute – außerhalb der SM-Szene – nur noch symbolischen Charakter, man bringt sie mit Nikolausfeiern im Kindergarten und mit Knecht Ruprecht in Verbindung.

»Ausziehen!«, befahl ich Jenny, doch sie starrte voller Angst auf die Rute und rief aus: »Oh nein, bitte nicht! Schlag mich nicht mit diesem Ding, das halte ich nicht aus!«

»Und ob du das aushältst! Muss ich meinen Befehl wiederholen?«

»Nein, Vanessa, verzeih mir bitte!«

Sie zog sich aus und musste sich dann über meinen linken Oberschenkel legen; mit dem rechten Bein blockierte ich ihre Unterschenkel, damit sie nicht strampeln konnte.

»Schön raus den hübschen Po!«, wies ich sie an.

Sie seufzte wieder hörbar, sagte aber kein Wort. Ich packte mit der linken Hand ihren rechten Unterarm, drehte ihn ihr auf den Rücken und hielt ihn dort fest. Nun war sie völlig wehrlos, denn ich hatte sie – im wahrsten Sinne – so im Griff, dass sie sich nicht befreien konnte. Ich ergriff die Rute und ließ sie mit beherztem Schwung niedersausen. »Ssssswisch« machte die Rute beim Niedersausen, ein Geräusch, das mir immer wieder durch und durch geht, vor allem dann, wenn ich selbst in der passiven Rolle bin. Ich liebe das herrlich geile Gefühl, wenn die geschmeidigen Zweige auf den blanken Hintern klatschen und die Reiserspitzen auf die Schamlippen prasseln.

Jenny reagierte auf den ersten Hieb mit einem gellenden »Aaaaaaaaaahh!«, dabei warf sie wild den Kopf hin und her.

»Jaaaaaaa!«, ahmte ich sie nach. »Jetzt, meine liebe Jenny, spürst du noch besser, was es heißt, nach Strich und Faden den nackten Hintern versohlt zu bekommen.«

Unbeirrt machte ich dann weiter, wieder und wieder sauste die Rute auf Jennys Hinterteil, begleitet von ihrem unentwegten Geschrei.

Nach etwa fünfzig Hieben ließ ich es aber gut sein, denn die Spuren der Rute begannen sich violett zu verfärben und aufzuschwellen. Ich hielt Jenny noch einige Minuten in ihrer Strafstellung fest und streichelte beruhigend ihre malträtierten Pobacken. Dann gab ich sie frei und ließ sie aufstehen.

Der Abend endete damit, dass wir wieder in meinem Bett landeten, was sich dann abspielte, muss ich wohl nicht erneut beschreiben.

****

Am nächsten Tag machten wir nach dem Frühstück eine ausgedehnte Wattwanderung. Schweigend genossen wir es, barfuß über den feinen weichen Sand zu laufen.

Nach gut einer Stunde sagte Jenny: »Gestern Abend, die Abreibung mit der Rute ... das war ganz schön heftig! Und wie aufgeregt ich danach war, hast du ja später im Bett wohl gemerkt.«

»Ja, Jenny«, antwortete ich ihr, »ich wollte, dass du das kennenlernst. Ich habe es von einer Nonne gelernt, von Schwester Laetitia, sie ist langjähriges Mitglied im Club. Sie hat mir eine spezielle Technik beigebracht, eine Rutenzüchtigung nach der Methode von Pfarrer Kneipp. Dazu gehört, dass der Hintern und der Rücken, auch die Rückseiten der Oberschenkel bis runter zu den Kniekehlen mit Wassergüssen vorbereitet werden, heiß und kalt, mindestens fünfmal, jeweils dreißig Sekunden lang. Das kann man in der Badewanne mit der Handbrause machen, am besten ist nach einem Saunabesuch.«

»Kommt mir irgendwie bekannt vor«, sagte Jenny, »ich habe mal im Fernsehen in einer Reportage aus Russland gesehen, wie ein Mann nach einem Saunabesuch bei sibirischer Kälte nackt ins Freie ging, ein Loch in die Eisdecke eines Sees hackte und dann vollständig ins Wasser eintauchte. Im Anschluss daran ließ er sich von zwei stämmigen Frauen mit Ruten durchpeitschen.«

»Ja, das hat eine lange Tradition. Mein Mann muss mir diese Prozedur regelmäßig angedeihen lassen, er macht es sehr gerne. Und dich, liebe Jenny, werde ich am Samstag damit verwöhnen, eine Sauna steht uns ja zur Verfügung, es wird der krönende Abschluss unseres Aufenthaltes hier sein.«

»Oh ja, Vanessa, darauf freue ich mich schon!«

»Kannst du auch. Weißt du, diese Massage – was anderes ist es ja nicht – bewirkt wahre Wunder; sie macht einen strammen, festen Po und kräftigt das Gewebe – ich kenne zudem kein besseres Mittel gegen Cellulite. Man darf sie natürlich nicht halbherzig durchführen, die Rutenhiebe müssen so ausdauernd und kräftig verabreicht werden, dass der Hintern regelrecht zum Glühen gebracht und lückenlos knallrot wird. Und – was du ja auch bereits festgestellt hast: Die Rutenzüchtigung ist ein Aphrodisiakum erster Ordnung. Auf gut Deutsch: Sie macht richtig schön geil!«

»Aber doch wohl nur dann, wenn sie gefühlvoll durchgeführt wird«, entgegnete Jenny. »Ich glaube nicht, dass sich Mädchen oder Novizinnen früher in den Klöstern auf eine Rutenzüchtigung gefreut haben.«

»Da hast du recht, Jenny, das waren damals auch ganz andere Zeiten. Novizinnen, die nicht brav und lammfromm waren, wurden sehr hart gezüchtigt. Und nicht nur mit der Rute, sondern auch mit der Lederpeitsche, mit einem Ochsenziemer oder mit dem Rohrstock. Und ich habe mal gehört, dass es das es auch heute noch in manchen Klöstern geben soll. Schwester Laetitia hat mir erzählt, dass viele Nonnen sich aus freien Stücken schlagen lassen, schwer schlagen lassen – Stockhiebe auf den nackten Rücken, zur Strafe für unkeusche Träume. Die gelten nämlich als Anfechtungen des Leibhaftigen. Ein Sexualleben ist den Nonnen ja verwehrt, wegen ihres Gelübdes. Sie tragen alle einen Ring, der ist das Zeichen dafür, dass sie mit Jesus verlobt sind. Sie warten darauf, dass sie sich nach ihrem Tod mit ihm vereinen dürfen. Bis dahin gilt: Keuschheit in Gedanken, Worten und Werken. Körperliche Attraktivität ist im Kloster nicht gerne gesehen, einem hübschen, gut gewachsenen Mädchen wird eingeredet, dass es sich schämen müsse, weil weibliche Schönheit Blendwerk des Teufels sei.«

»Wie kommt es, dass eine Nonne Mitglied eines SM-Clubs sein kann?«, wollte Jenny wissen.

»Das darf an höherer Stelle, also in der Diözese oder beim zuständigen Bistum natürlich nicht publik werden. Es gibt mehrere Nonnen, auch Geistliche und Ordensbrüder im Club. Möglicherweise gibt es den einen oder anderen Abt oder eine Oberin, also höher stehende

Personen, die es wissen und stillschweigend dulden, keine Ahnung. Was ich aber weiß, ist, dass seriöse Clubs und auch ihre Mitglieder zu strengster Diskretion verpflichtet sind. Ich habe auch noch nie gehört, dass dagegen verstoßen wurde.«

***

Die restlichen Tage auf Sylt vergingen wie im Fluge, noch zweimal gab es Strafstunden, ich legte Jenny erneut übers Knie und verabreichte ihr Popoklatsch mit der Hand und tags darauf durfte sie mein Paddle, eine gelöcherte Lederklatsche mit hölzernem Griff, intensiv kennenlernen. Die Rutenzüchtigung nach der Methode von Pfarrer Kneipp, die ich Jenny am Samstagnachmittag angedeihen ließ, gestaltete sich als wahres Fest für uns beide, es war wirklich der krönende Abschluss unserer Erziehungswoche.

Als wir abends beim Tee zusammensaßen, waren wir beide ein wenig deprimiert, denn am nächsten Tag mussten wir ja schon die Heimreise antreten.

»Eine solche Woche habe ich noch nie erlebt«, sagte Jenny, »fast jeden Abend den Arsch versohlt zu bekommen, das war wirklich eine sehr spezielle Erfahrung! Aber es war wunderschön, Vanessa, wenn auch manchmal ganz schön hart! Und erst die Rutenmassage – das war ja Wahnsinn! Mein Po ist immer noch heiß! Ich möchte das weiterhin haben, Vanessa, ich glaube, dass mein Leben sonst ganz trostlos sein wird.«

»Das wirst du auch haben, Jenny! Wenn ich wieder Lust bekomme, mich auszutoben, dann treffen wir uns bei dir, du wohnst ja alleine. Voraussetzung dafür ist natürlich, dass du auch in Stimmung bist.«

»Wenn du mich anrufst und mir das vorschlägst, dann komme ich sicher sehr schnell in Stimmung«, erwiderte Jenny. »Allerdings habe ich weder einen Strafbock noch irgendwelche Züchtigungsinstrumente.«

»Brauchst du auch nicht, ich bringe meine Reitpeitsche mit.«

»Oh je! Bestimmt hast du auch einen Rohrstock.«

»Klar, Jenny, was ein richtiger Spanking-Fan ist, der legt sich mit der Zeit eine entsprechende Ausrüstung zu. Es gibt ja Versandhäuser und SM-Werkstätten, die beliefern Domina-Studios und natürlich auch Privatleute. Außerdem muss man lernen, mit diesen Sachen umzugehen, das weiß ich als Krankenschwester nur allzu gut. Es gibt immer wieder SM-Unfälle, ernsthaft Verletzte, die dann in unserer Klinik auf der Chirurgischen landen, wo ich arbeite. Einmal mussten wir einem Mann einen gut dreißig Zentimeter langen angespitzten Holzpfahl aus dem Rektum, also aus dem Enddarm, entfernen, der Mann hatte sich selbst zur Strafe des Pfählens verurteilt. Das war eine grausame Hinrichtungsmethode im Mittelalter, der Verurteilte wurde mit auf dem Rücken gefesselten Händen auf einen Pfahl gesetzt. Die Spitze des Pfahls wurde eingefettet und in den After eingeführt und das Körpergewicht bewirkte, dass der Pfahl sich immer tiefer in den Leib bohrte.«

»Das ist ja furchtbar!«

»Ja. Während meiner Arbeit als Domina verlangte ein Mann, dass ich ihm mit Faustschlägen den Kiefer breche. Ein anderer wollte, dass ich mir Stiefel anziehe und ihm in die Hoden trete, bis sie geschwollen und so dick wie Gänseeier wären und er nicht mehr gerade stehen könnte.«

»Das hast du aber nicht gemacht, oder?«

»Nein, natürlich nicht, ich habe dir doch gesagt, dass ich extreme Sachen ablehne. Jedenfalls, was uns beide betrifft, also das Austoben – wie wär's mit einem Rollenspiel zu dritt? Du und ich und mein Mann?«

»Hört sich aufregend an«, sagte Jenny.

»Das wird auch aufregend!«

Die Rückreise verlief so, dass wir die ganze Zeit schwiegen. Ich ließ die Woche noch einmal in Gedanken ablaufen; Jenny tat sicher das Gleiche, ihr Gesicht zeigte ein unentwegtes glückliches Lächeln. Auch ich hatte ein schönes Gefühl, denn ich spürte in diesen Stunden besonders deutlich, wie herzlich und innig Jenny und ich einander zugetan waren. Hinzu kam die Vorfreude auf die Erlebnisse, die noch auf uns warteten.

***

Am Wochenende fand, wie geplant, das Rollenspiel in unserer Wohnung statt. Jenny war darin unser Hausmädchen, sie hatte uns hintergangen und auch noch in übler Weise unseren Ruf beschädigt. Natürlich musste dafür – wie in früheren Zeiten üblich – streng bestraft, sprich gezüchtigt werden.

Mein Mann stellte sie zunächst zur Rede: »Jenny, ich habe erfahren, dass du hinter meinem Rücken in besonders dreister und schamloser Weise Hurerei betrieben hast. In Schmuddel-Magazinen hast du ordinär formulierte Anzeigen geschaltet. Dein großes Pech war, dass einer deiner Kunden mir von deinem schändlichen Tun berichtet hat. Was sagst du dazu?«

»Ja, es stimmt«, gestand Jenny, »ich habe meinen Körper verkauft. Ich wollte mir etwas Geld damit verdienen. Ich bereue das! Ich weiß, dass ich dafür Schläge verdient habe.«

»So ist es«, antwortete ich, »und die kriegst du auch, und zwar so, dass dir die Lust auf solche Schweinereien für immer vergeht! Los, ausziehen, und ein bisschen dalli!«

Jenny gehorchte und als sie splitternackt war, verkündete ich das Strafmaß: »Zum Aufwärmen gibt's jetzt erst mal Popoklatsch mit der flachen Hand, von meinem Mann, der versteht sich nämlich meisterlich darauf. Dann beziehst du fünfundzwanzig mit einem Paddle, die werde ich dir verabreichen. Und danach bekommst du weitere fünfundzwanzig mit dem Rohrstock.«

»Ja, Herrin«, seufzte Jenny, doch dann musste sie plötzlich lachen.

»Und auch das Lachen wird dir vergehen!«, schimpfte ich in barschem Ton mit ihr »Darf ich mal erfahren, was du so lustig findest?«

»Weil Sie ‚Popoklatsch' gesagt haben«, antwortete Jenny. »Damals, als ich in Barcelona gekidnappt worden war, hat einer der Entführer, einer von diesen Schmierlappen, er hat zu mir gesagt, eine ordentliche Tracht auf den nackten Arsch sei die einzig richtige Erziehung für verwöhnte, arrogante Zicken. Ich habe mich dann immer wieder mal gefragt, ob ich so eine Zicke bin, das tue ich heute noch manchmal.«

Ich gab vorübergehend die Rolle der Herrin auf und sagte zu Jenny: »Jetzt pass mal gut auf, Mädchen, diese ›Schmierlappen‹, wie du die Männer sehr zutreffend bezeichnet hast – das waren Verbrecher! Diese ganze Bande, in deren Fänge du damals geraten bist, das waren schwer kriminelle Leute. Du kannst von Glück reden, dass du so ungeschoren davongekommen bist und von diesen Mistböcken nicht vergewaltigt wurdest. Dir ist anscheinend überhaupt nicht klar, in welcher Gefahr du dich befunden hast. Stell dir mal vor, deine Flucht wäre missglückt, dann wärst du halb totgeprügelt worden. Und ferner hättest du alten Böcken die Schwänze lutschen müssen und wärst durchgevögelt worden, jahrelang, tagein, tagaus. Aber darüber hast du offenbar noch nie nachgedacht.«

»Doch, Vanessa, das habe ich, aber dann habe ich das alles verdrängt.«

»Eben. Und das heißt für mich, dass du es nämlich doch noch nicht richtig verarbeitet hast. Darüber werden wir noch eingehend reden, aber nicht jetzt, jetzt geht es mit unserem Spiel weiter.«

Sebastian setzte sich aufs Sofa und die nackte Jenny musste sich rittlings, mit dem Rücken zu ihm, auf seinen Schoß setzen, dann den Oberkörper niederbeugen und sich mit den Händen am Boden abstützen. Die Beine kamen mit angewinkelten Unterschenkeln auf der Sitzfläche des Sofas zu ruhen. Diese Position gehört zu den ›Demutsstellungen‹, das sind solche, in denen der Delinquent ohne Fesselung verharren muss. In Sebastians Gesicht konnte ich deutlich lesen, welchen Genuss ihm der Anblick von Jennys Kehrseite in dieser Stellung bereitete.

Mein Mann ist – wie wohl alle Spanking-Fans – ein Po-Fetischist. Für diese Menschen ist ein hübscher Hintern fast eine Provokation. Sebastian hat einmal einer Kellnerin, als sie sich nach einer Münze bückte, einen Klaps aufs Hinterteil gegeben. Sie war deswegen äußerst verärgert und richtig böse. Er hat sich tags darauf mit einer Schachtel Pralinen bei ihr entschuldigt; er sagte zu ihr, sie habe ihm ihren schönen Po so aufreizend dargeboten, dass er nicht hätte widerstehen können. Über das Kompliment hat sie sich dann doch gefreut und ihm die Entgleisung gnädig verziehen. Und ein anderes Mal, nach einigen Gläsern Wein und deshalb mit erfrischender Ehrlichkeit, sagte er zu mir: »Weißt du eigentlich, liebe Vanessa, dass ich dich nur wegen deinem geilen Arsch geheiratet habe?« Ich spielte darauf die Entrüstete, aber wohl nicht sehr überzeugend, denn natürlich war das, was er mir da gesagt hatte, nichts Neues für mich.

Zurück zum Rollenspiel: Ausgiebig und ewig lange streichelte und tätschelte Sebastian Jennys Po mit beiden Händen, was meine Gutmütigkeit auf eine harte Probe stellte, denn ich bin extrem eifersüchtig. Hierauf erteilte er die Poklatscher, mal mit einer Hand immer links und rechts, dann mit beiden Händen abwechselnd oder gleichzeitig. Er schlug nicht sehr kräftig, dafür aber wieder endlos lange und mit »wachsender Begeisterung«, wie es so schön heißt, bis er dann schließlich aufhörte und beide Hände auf Jennys Pobacken legte, die nun ein lückenloses, gesundes Rot aufwiesen.

Ich ging dann ins Schlafzimmer und nahm ein Paddle – eine gelöcherte Lederklatsche mit hölzernem Griff – aus einer Kommodenschublade. Mit Genugtuung bemerkte ich Jennys ängstlichen Blick, als ich ins Wohnzimmer zurückkam und das Paddle spielerisch in meine Handfläche titschen ließ. Ich nahm wieder auf dem Sofa Platz und Jenny musste sich über meinen linken Oberschenkel legen; mit dem rechten Bein blockierte ich ihre Unterschenkel, damit sie nicht strampeln konnte.

»Schön raus den hübschen Po!«, wies ich sie an.

Sie seufzte wieder hörbar, sagte aber kein Wort. Ich packte dann mit der linken Hand ihren rechten Unterarm, drehte ihn ihr auf den Rücken und hielt ihn dort fest. Nun war sie völlig wehrlos, denn ich hatte sie – im wahrsten Sinne – so im Griff, dass sie sich nicht befreien konnte. Mit beherztem Schwung, jedoch nicht mit voller Kraft, ließ ich dann das Paddle niedersausen und mit sattem Klatschen traf das Leder Jennys herausgespannten Hintern.

»Aaaaaaaaaahh!«, schrie sie gellend und warf dabei wild den Kopf hin und her.

Unbeirrt machte ich weiter, laut klatschend und knallend landete das Paddle immer wieder auf Jennys Hinterteil, begleitet von ihrem unentwegten Geschrei und Gejaule.

Als die fünfundzwanzig Hiebe aufgezählt waren, streichelte ich noch eine Weile Jennys Pobacken, die nun deutliche Schwellungen zeigten und sich an einigen Stellen bereits dunkel verfärbt hatten. Dann gab ich sie frei und ließ sie aufstehen. Sie stand dann vor mir, die Hände auf ihren Hintern gepresst, und schwer atmend starrte sie mich mit hochrotem, schmerzverzerrtem Gesicht an. Ihr ganzer Körper war schweißnass und ihr Haar hing in wirren Strähnen vor ihren Augen.

»Komm her, auf meinen Schoß!«, befahl ich ihr.

Sie gehorchte und lehnte ihren Kopf an meine Schulter. Plötzlich begann sie zu schluchzen, sie presste ihr Gesicht an meine Brust und brach hemmungslos in Tränen aus. Ich streichelte und tätschelte ihren Rücken, worauf sie sich schnell wieder beruhigte.

»So, Fräulein«, sagte ich dann, »dieses war der zweite Streich, doch der dritte folgt sogleich! Jetzt gibt's tüchtige Dresche mit dem Rohrstock.«

Als Sebastian einen Rohrstock aus dem Schlafzimmer geholt hatte und ihn, um seine Elastizität zu prüfen, in den Händen bog, schrie Jenny: »Nein, nicht, bitte, bitte nicht!«

»Was hast du denn, warum starrst du so entsetzt auf den Stock?«, fragte er.

»Weil ich Angst davor habe, Herr!«

»Das sollst du auch! Hast du denn schon einmal Rohrstocksenge bezogen?«

»Nein, Herr, aber ich habe es mit ansehen müssen.«

»Wo?«

»In Mauretanien, auf Lady Hunters Farm. Ihre Frau kennt die Geschichte, sie hat meinen Bericht.«

»Ich will es von dir hören«, verlangte mein Mann. »Erzähl!«

»Gerne, Herr. Auf Verstöße gegen die Hausordnung und andere Vergehen stand bei Lady Hunter die Prügelstrafe. Ein Sklave, ein arabischer Junge, war zu dreißig Stockhieben verurteilt worden, weil er sich angeblich im Bett selbst befriedigt hatte, das war nämlich verboten. Ich mochte ihn gerne, er war ein hübscher Bursche, manchmal allerdings aufsässig und frech. Ich war seine Lehrerin und musste ihm Englisch beibringen. Die Bestrafung fand im Beisein aller anderen Sklaven statt, darunter war auch ich. Er musste sich nackt ausziehen – eine furchtbare Demütigung für einen arabischen Jungen. Dann wurde er auf eine Schaukel gespannt, er wurde so stramm festgebunden, dass er sich nicht mehr rühren konnte. Dann bezog er seine dreißig Stockhiebe auf den blanken Hintern. Die Aufseherin, ein brutales, sadistisches Weib, schlug zu wie eine Tobsüchtige, sie hasste diesen Sklaven. Das Pfeifen des Rohrstockes und das Geschrei des Burschen höre ich heute noch. Er bekam dann noch zehn mit der Reitpeitsche auf die Hoden, musste ohne Essen ins Bett und sollte mit Handschellen schlafen. Ja, und seither habe ich Angst vor dem Rohrstock und vor diesem Geräusch.«

»Meinst du das?«, fragte Sebastian und ließ den Stock kräftig durch die Luft pfeifen.

»Ja, genau das!«, rief Jenny mit schriller Stimme. »Bitte machen Sie das nicht noch mal! Bitte, Herr, ich flehe Sie an, ersparen Sie mir die Stockhiebe!«

»Na gut«, sagte ich darauf, »für heute bist du genug gestraft. Aber wenn du dir in den nächsten vierzehn Tagen auch nur das geringste zuschulden kommen lässt, dann wirst du den Rohrstock spüren, und zwar so, dass du geraume Zeit nicht sitzen kannst, dass du's nur weißt, Fräulein! Hast du mich verstanden?«

»Ja, Herrin. Und ich danke Ihnen, dass Sie so gnädig mit mir sind!«

Das Rollenspiel war damit beendet, wir aßen noch gemeinsam zu Abend und unterhielten uns über dies und das. Was Jenny jetzt noch fehlt, wonach sie sich sehr sehnt, ist ein Partner, der Verständnis für ihre Maso-Neigung aufbringt. Aber den wird sie finden, davon bin ich fest überzeugt.

Nachwort

Im Zusammenhang mit dem Thema »Sadomasochismus« geht es oft um die Frage »Normal oder nicht normal?« Auch ich, die ich ausgesprochen konservativ erzogen wurde, habe mich lange Zeit damit herumgeschlagen. Aus Gesprächen weiß ich, dass nicht wenige SM-Fans ihre Fantasien und Rituale für »abartig« oder »pervers« halten. Viele glauben auch, solche Vorlieben seien mit einer Sucht vergleichbar. Diese Fragen bedürfen der Klärung, ich will versuchen, etwas dazu beizutragen.

Als Krankenschwester habe ich oft mit Suchtpatienten zu tun, auch mit den gesundheitlichen Folgen etwa von Alkohol- oder Nikotinsucht. Einmal fragte mich eine Patientin: »Woran kann ich erkennen, ob ich Alkoholikerin bin?« Ich sagte zu ihr: »Stellen Sie sich einmal folgende Situation vor: Zwei Männer sitzen in einer Kneipe und trinken Bier. Der eine ist Alkoholiker, der andere nicht. Beide tun das Gleiche und doch hat es für jeden eine völlig andere Bedeutung. Der eine ist vielleicht ein Bierkenner, der Freude daran hat, unterschiedliche Biersorten zu genießen und die Geschmacksnuancen herauszuschmecken. Der andere, der Alkoholiker, genießt und schmeckt gar nichts, er braucht nur die Wirkung des Alkohols, um seine unerträgliche innere Verfassung – etwa Gefühle von Angst, Wut, Einsamkeit oder Trennungsschmerz zu betäuben. Fragen Sie ihn, warum er trinkt, wird er Ihnen sagen, dass ihm das Bier schmeckt, den wahren Grund für sein Trinken hat er verdrängt. Würde er diesen Mechanismus durchschauen, wäre das schon der erste Schritt zu seiner Heilung. Zwischen den beiden Männern besteht also ein deutlicher Unterschied: Der eine ist für etwas, für Genuss und Freude, er hat die freie Entscheidung über das, was er tut – der andere ist gegen etwas, gegen Stress, Angst und unerträgliche Spannung, er muss trinken, er ist süchtig und deshalb krank. Versuchen Sie, herauszufinden, wie das bei Ihnen ist. Verzichten Sie mal für drei Tage auf Alkohol und beobachten Sie sich sehr genau! Wenn dann alles in Ihnen nach Alkohol schreit, genauer gesagt, nach dessen Wirkung, müssen Sie sich eingestehen, dass Sie süchtig sind. Aber dann brauchen Sie nicht zu verzweifeln, denn es gibt die Möglichkeit für Sie, sich vollständig von der Sucht zu befreien. Wenn Sie das wollen, helfe ich Ihnen dabei und sage Ihnen, was sie tun müssen!«

Was ich dieser Patientin sagte, beantwortet, so glaube ich, auch die Frage nach »abartig« oder »normal« im Hinblick auf BDSM. Wenn es nur zwanghafte Abläufe und stereotypes Verhalten gibt, wenn ich meine SM-Partner gar nicht als Personen mit ihren Eigenarten wahrnehme, sondern sie nur benutze, dann würde ich das als krank bezeichnen. In diesen Fällen gibt es typischerweise nämlich gar keine echte Befriedigung und Erfüllung, auch nicht im sexuellen Sinne. Ein Orgasmus kann natürlich stattfinden, doch die Bedingungen dafür sind enorm eingeschränkt: Es muss in starrer Form immer wieder dieses und jenes stattfinden, damit es dazu kommen kann. Und hier haben wir den Suchtcharakter und damit auch das Zwanghafte, die Parallele zum Alkoholismus. Starrheit, Stereotypie und Mangel an echter Freude und wirklichem Genuss sind kennzeichnend für diese Form der Entartung, dieses Wort halte ich in dem Zusammenhang für durchaus zutreffend.

Das Gegenteil davon wäre dadurch gekennzeichnet, dass ich meine Partner respektiere, sensibel auf ihre Wünsche und Vorlieben eingehe und ihre Grenzen achte. Und sicherlich gilt: Übung macht den Meister. Wenn alle Praktiken und auch das Instrumentarium gut beherrscht werden, steht dem lustvollen und unbeschwerten Ausleben einer BDSM-Neigung nichts im Wege. Begriffe wie »abartig« oder »pervers« sind dann völlig fehl am Platze.

Was das Thema »SM-Rollenspiele« betrifft, die ja in diesem Buch mehrmals beschrieben werden, so habe ich schon vor längerer Zeit einmal sieben Tipps formuliert, für die ich Schlüssel-Begriffe als Überschriften gewählt habe. Weil sie vor allem für SM-Neulinge von Nutzen sein können, gebe ich sie hier wieder.

1. Safeword

Ein Safeword (Sicherheitswort), sollte grundsätzlich vor jeder SM-Inszenierung vereinbart werden. Wenn dieses Wort vom passiven Partner, dem »Sub«, ausgerufen wird, muss jedwedes Tun des »Dom«, des dominanten Akteurs, sofort unterbleiben. Fesseln, Knebel, Augenbinden und Sonstiges müssen schnellstens entfernt werden. Bei der Auswahl des Wortes sollte berücksichtigt werden, dass es auch dann zu verstehen sein muss, wenn das Sprechen – etwa durch einen Knebel – erschwert ist. Geeignet sind zweisilbige Wörter mit gleichen oder verschiedenen Vokalen wie »Mayday« oder »Rainbow« und natürlich auch »Gnade«.

2. Spanking

Das ist das englische Wort fürs Arschversohlen. Wenn Spanking Bestandteil eines Rollenspiels (z. B. Züchtigung des faulen Schulmädchens) ist, so sollte es, vor allem, wenn die Partner sich (noch) nicht gut kennen, zunächst behutsam vollzogen werden. Erfahrene Flagellanten wissen, dass es gewaltige Unterschiede gibt, was die Leidensfähigkeit und -bereitschaft passiv Veranlagter betrifft. Zudem ist dies auch bei ein und derselben Person unterschiedlich, es variiert je nach Tagesform, auch nach seelischer Verfassung und sexueller Ansprechbarkeit. Sensibles Gespür für die jeweilige Situation ist also gefragt. Bei Rollenspielen geht es meiner Meinung nach auch gar nicht um die Intensität von Hieben, sondern um die Freude am Spiel, um den Spaßfaktor. Anders ist es bei einer wirklichen Bestrafung, hier hat eine harte körperliche Züchtigung die Funktion eines Verhaltenskorrektivs, der »Delinquent« will wirklich leiden und büßen.

3. Folter

Folter sollte im Rahmen von Rollenspielen nur mit äußerster Vorsicht angewendet werden. Zur Folter zählt auch Bondage (das Fesseln). Es erfordert Fachwissen, deshalb bieten viele SM- Clubs und manche Dominas entsprechende Kurse an. Zu beachten ist: Durch Bondage dürfen keine wichtigen Blutgefäße abgeklemmt werden, schon gar nicht über längere Zeit. Die Atmung darf nicht behindert, Gliedmaßen dürfen nicht zu stark gedehnt und Gelenke nicht zu sehr belastet werden. Auch das Aufhängen an Händen oder Füßen ist Folter. Methoden wie Elektroschocks, Analdehnung (Fisten), Penisfolter (Katheterisierung) und Zwangsklistier gehören auf jeden Fall in geübte Hände. Auch muss immer damit gerechnet werden, dass das Gefühl, völlig wehrlos und von Folter bedroht zu sein, beim Sub eine plötzliche Panik auslösen kann. Dann gilt: Sofortiger Abbruch!

4. Face Slapping

Mit Face Slapping ist das Schlagen ins Gesicht gemeint, also Ohrfeigen, Backpfeifen, Maulschellen, Watschen und was es sonst noch für Bezeichnungen dafür gibt. Beruflich habe ich schon oft mit lädierten Geohrfeigten, darunter waren auch Kinder, zu tun gehabt. Man muss sich vergegenwärtigen, welch wichtige Organe sich am Kopf befinden, die durch Ohrfeigen verletzt werden können: Augen, Ohren und Nase. Auch Zähne werden nicht selten ausgeschlagen. Dennoch geraten viele devot veranlagte SM-Freaks durch Ohrfeigen in starke Erregung. Meistens sind sie in der Rolle von Haus- oder Leibsklaven. Solche Sklaven bekommen oft mehr als hundert kräftige Ohrfeigen verpasst, in langsamem Tempo oder in rascher Folge beidhändig, immer links, rechts. Erniedrigung spielt dabei eine wichtige Rolle, das Hin und Herfliegen des Kopfes, das reflexartige Zucken der Gesichtsmuskulatur, die geröteten und verschwollenen Wangen, die angstvolle Grimasse vor jedem Schlag – alles das lässt den Geohrfeigten lächerlich und jämmerlich erscheinen. Meine Meinung dazu: Im Rollenspiel Ohrfeigen gefühlvoll erteilen, die Reaktionen darauf sehr genau beobachten.

5. Bastonade

Darunter versteht man Stockhiebe auf die nackten Fußsohlen. Die Bastonade ist eine schreckliche Strafe und Foltermethode: Wenn die Hiebe voll durchgezogen werden, sind sie unerträglich schmerzhaft. Sie brechen, bei einem Verhör angewendet, den Widerstand des Delinquenten rasch und zuverlässig. Aber wie das Face Slapping, so ist auch die Bastonade bei Flagellanten beliebt; das »Opfer« liegt rücklings mit auf dem Rücken gefesselten Händen auf dem Boden und die Füße sind an eine etwa einen Meter über dem Boden arretierte Stange gebunden. In dieser Position ist das Gefühl der Wehrlosigkeit und des Ausgeliefertseins besonders intensiv. Ich selbst kann mit der Bastonade nichts anfangen, ich finde sie einfach nur furchtbar, ich habe keinerlei Erfahrung damit, weder aktiv noch passiv. Wenn jemand die Bastonade unbedingt in ein Rollenspiel einbeziehen möchte (z. B. Verhör der untreuen Ehefrau), kann ich nur wiederholen: Bitte behutsam und kontrolliert!

6. Dramaturgie

Rollenspiele brauchen ein »Drehbuch«, genau wie ein Spielfilm. Zu einem Spiel gehören mindestens zwei Personen, und meistens sind es, nach meiner Erfahrung, nicht mehr als vier. Und es muss ein Thema geben, aus dem der Handlungsablauf hervorgeht. Daraus ergeben sich Fragen: Was soll inszeniert werden? Geht es um eine historische Begebenheit, etwa im Zusammenhang mit Sklaverei im alten Rom oder auf amerikanischen Farmen im 18. Jahrhundert? Oder um den Alltag eines Zöglings unter seiner Gouvernante im viktorianischen England? Ferner: Wer übernimmt welche Rolle? Ich finde es wichtig, dass man dabei möglichst nah an der Wirklichkeit bleibt und die Rollen so zuweist, dass sie dem echten Charakter der Akteure weitgehend entsprechen; nicht jeder SM-Fan besitzt schauspielerisches Talent. Und nun das Beste: Ein Rollenspiel bietet die Möglichkeit, Gefühle auszudrücken, etwa Aggressionen, aber durchaus auch Sympathie, Zärtlichkeit und sogar Liebe. So was kann »Balsam für die Seele« sein. Psychologen bezeichnen das als »Psycho-Drama«, es ist eine anerkannte Therapieform.

7. Vertrauen

Die Bedeutung dieses schönen Wortes muss eigentlich gar nicht erörtert werden, es spricht für sich selbst. Vertrauen ist die Grundlage aller menschlichen Beziehungen. Das Bedürfnis nach Vertrauen, auch die Fähigkeit, anderen zu vertrauen, ist tief in uns eingewurzelt. Was den SM-Bereich betrifft: Machen wir uns klar, welch großes Vertrauen z. B. ein Sub seinem Dom beweist, wenn er sich beim Rollenspiel von ihm fesseln und knebeln lässt und sich so in eine völlige Wehrlosigkeit und Handlungsunfähigkeit begibt. Und sich sogar in einen engen Metallkäfig sperren oder ins Verlies werfen lässt, ohne zu wissen, wann er wieder befreit wird. Oder sich auf den Strafbock schnallen lässt, seinen nackten Hintern dem Rohrstock darbietet, und keine Ahnung hat, wie oft und wie kräftig der Stock niederpfeifen wird. Daraus folgt: Vertrauen darf niemals enttäuscht werden!

Buchvorstellungen

Tanja Russ – Brombeerfesseln

Ein BDSM-Liebesroman

Lea ist 29, Fotografin und überzeugte Singlefrau. Sie steht mit beiden Beinen fest im Leben und nimmt die Männer, wie sie kommen. Doch immer fehlt ihr dabei etwas. Bis sie Lukas begegnet. Streng, dominant, leidenschaftlich, bietet er alles, was Lea sich von einem Mann wünscht. Er macht ihr das verführerische Angebot, seine Sklavin auf Zeit zu werden. Lea lässt sich darauf ein und Lukas entführt sie in die dunkle Welt des BDSM. Eine Welt voller Dominanz und Unterwerfung, Schmerz und Lust, doch auch voller fürsorglicher Liebe und gegenseitigem Respekt. Aber Ihre besondere Beziehung hat ein Verfalldatum, die Vereinbarung lautet, 6 Monate bleiben sie zusammen ...

Siri S - gelebte Unterwerfung

Ein autobiografischer BDSM-Roman

Siri S lebt BDSM. Sie engagierte sich lange und intensiv in der Berliner Szene, leitete das weit über die Hauptstadt hinaus bekannte »Subbiekränzchen« und die Bondage-Gruppe »Miss Rope«. In diesem Roman, der auf wahren Erlebnissen basiert, beschreibt sie, wie sie BDSM für sich entdeckt. Aus ihren Tagebuchaufzeichnungen ließ die Autorin einen Roman entstehen, der in ihrer ganz eigenen Sprache erzählt, wie sie ihre ersten Erfahrungen empfunden hat und schließlich BDSM als Teil ihrer selbst akzeptiert.

Dieser autobiografische Roman räumt mit allen Klischees über BDSM auf. Schonungslos und ehrlich erzählt Siri S und lässt die Leser daran teilhaben, wie sie ihre Neigungen entdeckt, wie sie zweifelt und schließlich zu sich selber findet. Sie schreibt von den Schwierigkeiten, den geeigneten Partner zu finden und von dem Glück, wenn man ihn gefunden hat. Sie räumt mit gängigen Klischees über BDSMler auf und am Ende werden sie feststellen, BDSMler sind auch nur ganz normale Menschen.

»Gelebte Unterwerfung« ist als Paperbackausgabe und als E-Book im ePub-Format sowie für den Amazon Kindle erhältlich. Das Buch hat 220 Seiten und ist bei allen Online-Buchversendern und im örtlichen Buchhandel erhältlich. Sollte Ihr Buchhändler es nicht vorrätig haben, so kann er es für Sie bestellen.

Vanessa Haßler - Hiebe und Küsse

Vanessa Haßler entdeckte ihre Affinität zu BDSM schon als junges Mädchen, und früh begann sie auch, ihre Eindrücke und Erlebnisse aufzuschreiben. Nun veröffentlichte Sie ihr erstes Buch »Hiebe & Küsse«, das im Schwarze-Zeilen Verlag erschienen ist.

In zehn Episoden erzählt die Autorin aus Ihrem Leben. »Hiebe & Küsse« ist in erster Linie die Beichte einer devot veranlagten Frau, es werden aber auch Erfahrungen Gleichgesinnter berücksichtigt. So ist in diesem Buch für jeden an BDSM interessierten Leser etwas dabei, egal ob devot, dominant oder Switcher. Besonderen Wert legte die Autorin auf glaubhafte Darstellung der Charaktere und Geschehnisse, was geschildert wird, basiert weitgehend auf wahren Begebenheiten.

Freimütig erzählt Vanessa Haßler von ihrem Verlangen nach Strafe und Schlägen. Stockkonservativ erzogen muss sie zunächst lernen, ihre Neigung zu akzeptieren. Dabei helfen ihr Erfahrungen mit Gleichgesinnten, vor allem aber die befreienden Erlebnisse mit ihrem späteren Lebensgefährten Sebastian. Endlich kann sie dann ihrer Passion – dem „Englischen Laster" – hemmungslos frönen.

Der Inhalt von »Hiebe & Küsse« hat autobiographischen Charakter, berücksichtigt aber auch die Erfahrungen von Gesinnungsgenossen. Es lag der Autorin am Herzen, die Themen BDSM und Flagellantismus aus unterschiedlichen Perspektiven zu beleuchten; sie wollte sozusagen die nette Flagellantin von nebenan und die Domina sowie den Sklaven zum Anfassen vorstellen; Menschen also, die neben ihrer speziellen Ausrichtung ein völlig normales Leben führen.

Ein deutliches Gewicht lag überdies auf der glaubhaften Darstellung der Charaktere und Geschehnisse. Alles, was geschildert wird, basiert weitgehend auf realen Ereignissen. Wenngleich es in den Geschichten mitunter hart zugeht, ist eine gewisse Harmoniesüchtigkeit der Autorin unverkennbar, neben BDSM-Erotik kommen Liebe und Romantik nicht zu kurz und meistens gibt es ein Happy End.

»Hiebe & Küsse« ist als Paperbackausgabe und als E-Book im ePub-Format erhältlich. Das Buch hat 220 Seiten und ist bei allen Online-Buchversendern und im örtlichen Buchhandel erhältlich. Sollte Ihr Buchhändler es nicht vorrätig haben, so kann er es für Sie bestellen.

Cara Morgen - Ich steh auf BDSM ... und du?

Ein Ratgeber zu den Themen: „Wie sag ich's meinem Partner?" und „Wie finde ich den richtigen Partner?"

Dieser Ratgeber widmet sich dem richtigen Outing Ihrer BDSM-Neigung innerhalb der Beziehung. Wie bringen Sie Ihrem Partner Ihre Wünsche am besten bei – ohne dass er/sie geschockt reagiert. Wie gehen Sie mit ihrer/seiner Reaktion um? Dieser Ratgeber gibt Ihnen die passende Hilfestellung.

Sie sind auf der Suche nach dem passenden Partner im BDSM-Bereich. Was für Besonderheiten gibt es bei der Suche zu beachten und wie finde ich den Partner, der zu mir passt? Wo finden Sie überhaupt Ihren passenden Gegenpart und wie erkennen Sie ihn oder sie? Auch hier wird Ihnen der Ratgeber eine große Hilfe sein.

Folgerichtig hat Cara Morgen beide Themen in einem Buch leicht verständlich und unterhaltsam vereinigt. Denn wenn es mit dem Partner gar nicht geht und die BDSM-Sehnsüchte zu groß sind, dann erfahren Sie in diesem Ratgeber auch gleich, wie Sie beim nächsten Partner auf den oder die richtige/n stoßen.

»Ich steh auf BDSM ... und du?« ist als Paperbackausgabe und als E-Book im ePub-Format, sowie für den Amazon Kindle erhältlich. Das Buch hat 172 Seiten und ist bei allen Online-Buchversendern und im örtlichen Buchhandel erhältlich. Sollte Ihr Buchhändler es nicht vorrätig haben, so kann er es für Sie bestellen.

Gregor Heiligmann – Familiensklave

Ein BDSM-Femdom-Familienroman

Bei einem beruflichen USA-Aufenthalt lernt der Deutsche Gregor seine zukünftige Herrin Lorinda kennen und lieben. Sie macht ihn in kürzester Zeit zu ihrem Sklaven und sein Lebenstraum scheint in Erfüllung zu gehen. Doch sie ist verheiratet und will ihren Ehemann nicht verlassen und mit Gregor nach Deutschland kommen. Die Chance, bei seiner Herrin zu leben, ergibt sich, als sie ihm vorschlägt, ihre Nichte Glenda sozusagen als ‚Zweitherrin' zu heiraten. Als er zustimmt, beginnt für ihn eine permanente und äußerst intensive Versklavung. Was er dann erlebt, hatte er sich nie vorstellen können.

Der Roman »Familiensklave« beginnt mit der realen Schilderung des Lebens des Autors, als er von seiner Firma für drei Monate in die USA geschickt wurde. Dort lernte er eine Frau kennen, der er offenbart, dass er sich gern einer dominanten Frau unterordnen wolle. Sie reagierte sehr positiv darauf und mit ihrer natürlichen Dominanz macht sie ihn in kürzester Zeit zu ihrem Sklaven. Sein Lebenstraum scheint in Erfüllung gegangen zu sein. Im realen Leben ging diese Beziehung aus verschiedensten Gründen nach einigen Jahren zu Ende, im Roman aber beschreibt der Autor, was hätte werden können: Ein permanentes Sklavendasein in einem der Südstaaten der USA mit allen Konsequenzen.

Über den Autor

Gregor Heiligmann arbeitete lange bei großen EDV-Unternehmen, einige Jahre davon auch in den USA. Heute lebt er zusammen mit seiner Frau in einer Femdom-Ehe und verdient seinen Lebensunterhalt als Autor von Reiseberichten. Aktuell ist sein zweiter Femdom-Roman erschienen, der teilweise autobiografische Züge trägt.

Lieferbar als E-Book in allen gängigen Formaten und als Paperback-Ausgabe.

Mehr über Bücher aus dem Schwarze-Zeilen Verlag erfahren Sie auf unserer Webseite: www.schwarze-zeilen.de.

Besuchen Sie doch auch unseren Shop unter: www.bdsm-buch.de.

Impressum

ISBN 978-3-945967-63-8

Unsere Web-Adresse: www.schwarze-zeilen.de

(c) 2018 Schwarze-Zeilen Verlag

ein Imprint des Footstep Verlag,

Reichenaustr. 81c, 78467 Konstanz

info@schwarze-zeilen.de

| Cover: | Satz & Bild |
| Coverfoto: | ©Raisa Kanareva – stock.adobe.com |